Knaur

Deutsche Erstausgabe 1989

Titel der Originalausgabe »Sinatra«

Umschlaggestaltung Adolf Bachmann
Umschlagillustration Julio Vivas
Satz Compusatz GmbH, München
Druck und Bindung Ebner Ulm
Printed in Germany 5 4 3 2 1
ISBN 3-426-01387-8

Raúl Núñez
Sinatra

Roman

Aus dem Spanischen von Silvia Merkle-Schmidt

Knaur

1

Sinatra sah aus wie Sinatra. Er war 40 Jahre alt und nicht sehr groß. Sein Haar begann sich zu lichten, und er trug es kurz geschnitten. In der Pension, in der er wohnte, hatte er eine Stelle als Nachtportier bekommen. So mußte er nichts für sein Zimmer zahlen und verfügte über ein Taschengeld. Vor einem Jahr hatte seine Frau ihn wegen eines Schwarzen verlassen. Es kam ihm wie ein Scherz vor. Immer wenn er daran dachte, spielte ein verzerrtes Lächeln um seinen Mund. Dasselbe verzerrte Lächeln, mit dem er aller Welt gegenübertrat. Jetzt hatte er keine Frau, und es war schwer für ihn, das hinzunehmen. Er fühlte sich einsam.
Für gewöhnlich verbrachte Sinatra die Nächte mit Radiohören: Nachtprogramme, die Menschen wie ihm gewidmet waren. Er mochte die Musik. Eines Nachts hatte er beim Sender angerufen und um eine Platte von Sinatra gebeten. Von seiner Ähnlichkeit und seinem Spitznamen hatte er nichts gesagt. Sie »erfüllten ihm seinen Wunsch«, wie die Rundfunksprecher zu sagen pflegten. Sinatra zündete sich eine Zigarette an und lauschte. Er konnte kein Englisch, aber er verstand alles. Er dachte an seine Frau zurück und an den Schwarzen und lächelte wieder.
Sinatra hatte immer ein Kind haben wollen. Er wußte nicht, weshalb. Es kam ihm selbst eigenartig vor. Seine Frau war erst 20 Jahre alt und wollte keine Probleme. Sie hatte gesagt, daß dafür noch lange Zeit wäre. Sinatra war anderer Meinung gewesen. Er hatte sie in dem Lokal kennengelernt, in dem sie arbeitete. Das erste, was sie ihm gesagt hatte,

war, daß er Sinatra ähnlich sehe. Und damit hatte alles angefangen. Sie heirateten.
Damals verkaufte Sinatra Kosmetikartikel von Haus zu Haus. Er verdiente nicht viel, aber er mochte seine Arbeit. Es überraschte ihn, wie leicht er Hausfrauen überreden und mürrische Hausmeisterinnen mit einem Lächeln für sich einnehmen konnte. Sie luden ihn zum Kaffee ein und schütteten ihm ihre Herzen aus. Mehr als einmal versuchte eine einsame Kundin ihn ins Bett zu ziehen.
Wenn Sinatra nach Hause zurückkehrte, ging seine Frau arbeiten. Er bereitete sich das Essen zu, schaltete den Fernseher ein, aß zu Abend und schenkte sich einen Drink ein. Um Mitternacht legte er sich schlafen. Das war alles.
Seine Frau hatte samstags frei, und dann konnten sie den ganzen Tag zusammen verbringen. Sie ließen es sich gutgehen. Sie hatten Zeit, miteinander zu schlafen, zu kochen und ins Kino zu gehen. Sinatra machte sich keine Gedanken wegen der Arbeit seiner Frau. Er wußte, es ging nur darum, irgendeinem Idioten das Händchen zu halten und ihn so schnell wie möglich betrunken zu machen. Zum ersten Mal war er zufrieden mit seinem Leben. Dann tauchte der Schwarze auf, und seine Frau verließ ihn.
Sinatra gab seinen Job auf und schloß sich eine ganze Woche lang zu Hause ein. Er tat nichts anderes als trinken, fluchen und weinen. Eines Morgens wachte er auf und spie Kognak. Das Bettlaken war durchtränkt mit zäher, dunkler Flüssigkeit. Er stand auf, ging ins Bad, duschte, rasierte sich und verließ die Wohnung. Er beschloß, nicht mehr in das kleine Appartement zurückzukehren, wo er mit seiner Frau gelebt hatte, und zog in eine billige Pension in der Hospital-Straße. Wenige Tage später wurde ihm die Stelle eines Nachtportiers angeboten, und er nahm sie an.

Nun verbrachte er die Nächte damit, an einem Tisch neben dem Schlüsselbrett zu sitzen und darauf zu warten, daß jemand an die Tür klopfte. Wenn ein Gast kam, grüßte er ihn und gab ihm seinen Schlüssel. Mußte er kassieren, so notierte er die Summe in einem Heft und steckte das Geld in eine Schachtel. Das war alles, was er zu tun hatte.
Manchmal unterhielt er sich mit den Leuten, die in der Pension wohnten, aber immer nur kurz. Er tat nichts anderes, als die Nacht vorübergehen zu lassen, kochte sich unterdessen Kaffee, rauchte zwei oder drei Zigaretten, hörte Radio oder las eine Zeitschrift.
Morgens schlief er. Manchmal hatte er düstere Träume, an die er sich nicht erinnern konnte. Wenn er aufstand, ging er in das Lokal neben der Pension zum Frühstücken. Dort blieb er ein paar Stunden auf einem Barhocker sitzen, blickte auf die Straße und trank Kaffee mit Kognak. Anschließend ging er spazieren, ins Kino oder zurück in sein Zimmer.
Sinatra wußte, daß nichts so war, wie es hätte sein sollen. Während der letzten Tage hatte er Durchfall gehabt. Das war etwas Unvorhergesehenes gewesen und hatte ihn völlig erschüttert. Es gab keinen Grund dafür. Er war gesund. Es dauerte einige Zeit und verging dann wieder. Kurz darauf begannen seine Hände zu zittern. Er wußte, daß etwas nicht in Ordnung war.
Eines Nachts fiel ihm eine Anzeige in einer Zeitschrift auf. Es handelte sich um einen Brieffreundschaftsklub. Gegen eine geringe Gebühr würde man ihm Hunderte von Adressen zusenden von Menschen seinesgleichen. Er könnte ihnen nachts schreiben und dann auf die Antworten warten. Es erschien ihm kein schlechter Gedanke. Er schnitt die Anzeige aus, schrieb seinen Namen und seine Anschrift darauf, steckte sie in einen Umschlag und warf sie am

nächsten Tag in einen Briefkasten. Er fühlte sich etwas besser.
Einige Tage später erhielt Sinatra einen Umschlag ohne Absender. Er steckte ihn in die Jackentasche und öffnete ihn erst nachts. Es war eine Broschüre mit vielen Fotos. Kleine Fotos von einsamen Menschen. Da waren sie, einer neben dem anderen. Wenn er dem Klub beiträte, könnte er sich einreihen, und sein Foto würde auch in diesem Heftchen erscheinen. Er besah sich die Gesichter genau.
Leute, die von ihren Problemen reden wollten. Leute, die einen Partner finden wollten. Leute, die Liebe brauchten. Leute, die vielleicht schon von einer Brücke gesprungen waren oder den Gashahn aufgedreht hatten. Leute, die man sonntags in den verlassenen Kneipen antreffen konnte. Frisch rasierte und adrette Leute. Leute mit langen Haaren und wildem Blick. Leute, die eine gute Arbeit hatten. Leute, die kein Geld hatten. Leute, die lächelten. Leute, die nicht lächeln konnten. Leute, die alleine schliefen. Leute, die sich betranken. Leute, die nur Tee tranken. Leute, die verlassen worden waren. Leute, die zum letzten Mal auf das Leben setzten. Sinatra wurde Mitglied.
Wenige Tage später erhielt er zusammen mit den Anschriften den ersten Brief. Es war ein kleiner blauer Umschlag, mit zierlichen Buchstaben beschriftet. Sinatra betrachtete ihn lange, bis er wagte, ihn zu öffnen. Er las den Absender. Es war eine Frau. Seit er allein lebte, hatte er keinen Kontakt zu Frauen gehabt und sich damit begnügt, sie als etwas Entferntes, Unerreichbares zu betrachten. Nur einmal war er in eine Bar in die Robador-Straße gegangen. An einem Sonntagnachmittag, an dem er nicht wußte, was er tun sollte. Er wollte von jemandem angefaßt werden. Fünf oder sechs Frauen waren da, lehnten an den Musikboxen oder

saßen auf den Barhockern. Sinatra hatte etwas Geld und ging auf eine von ihnen zu. Sie war sehr jung, mit langen, blondierten Haaren. Sie lächelte ununterbrochen. Sinatra hatte ein wenig Angst. Ein Jahr lang hatte er sich darauf beschränkt zu masturbieren. Sie gingen auf ein Zimmer.
»Mach schnell«, sagte sie. »Mein Mann wartet unten auf mich.«
Sinatra setzte sich aufs Bett. Er hatte die Nase voll.
»Na, was ist«, drängte das Mädchen, »willst du oder nicht?«
»Ich glaube nicht.«
»Dein Pech. Kannst du zahlen?«
»Klar.«
Das war alles gewesen.
Wieder sah er den blauen Umschlag an. Einen Augenblick lang war er versucht, ihn zu zerreißen und die Sache mit dem Klub zu beenden. Fast hätte er es getan. Dann beschloß er, auf ein Bier in das Lokal nebenan zu gehen. Er trank ein halbes Dutzend. Als er das siebente bestellte, öffnete er den Brief und las.

Sehr geehrter Herr Castro,

ich habe Ihr Foto in der Broschüre gesehen, die uns der Klub zusendet, und war erstaunt über Ihre auffällige Ähnlichkeit mit Sinatra, dem berühmten Schauspieler und Sänger. Einen Augenblick lang dachte ich, daß es sich um einen Irrtum handelte oder einen Scherz des Klubs, aber dann bemerkte ich, daß Sie viel jünger sind als er. Sie sind es sicherlich schon leid, daß Ihnen alle dasselbe sagen, aber ich konnte nicht anders.
Wenn Sie gestatten, erzähle ich Ihnen etwas von mir: Ich bin 45 Jahre alt und seit zehn Jahren verwitwet. Mein Leben ist sehr schlicht und ein wenig traurig. Das einzi-

ge, was mir Kraft gibt weiterzumachen, ist mein Sohn. Er ist 18 Jahre alt, bereitet mir allerdings auch viele Sorgen. Es würde zu lange dauern, dies genauer zu erklären. Ich habe auch eine Katze. Sie heißt Bolita, und ich mag sie sehr. Seit langem arbeite ich im Kontor einer bedeutenden Firma und habe dort viele Bekannte, mit denen ich aber nicht näher befreundet bin. Manchmal fällt es mir schwer, auf Menschen zuzugehen, deshalb bin ich auch Mitglied des Klubs geworden. Wenn ich aus der Arbeit komme, fühle ich mich verloren. Sobald ich zu Hause bin, schalte ich das Fernsehgerät ein, und es läuft bis zum Sendeschluß, auch wenn ich nicht hinsehe. Meinen Sohn sehe ich nur selten. Er ist nicht gerne zu Hause und verbringt den Tag mit seinen Freunden auf der Straße. Seit einiger Zeit habe ich Schlafstörungen. Ich wälze mich nachts im Bett und denke lauter dummes Zeug. Schon oft mußte ich arbeiten gehen, ohne geschlafen zu haben. Ich war deswegen beim Arzt, aber der sagte, daß ich in Ordnung wäre. Ich spüre, daß mir etwas fehlt.
Ich würde mich sehr freuen, wenn Sie mir etwas aus Ihrem Leben erzählten. Ihrem Gesichtsausdruck nach scheinen Sie ein sensibler, gütiger Mensch zu sein. Wahrscheinlich werde ich für Sie nicht sonderlich interessant sein, aber ich hoffe trotzdem, daß wir uns näher kennenlernen und dann vielleicht Freunde werden.

Mit freundlichen Grüßen
Hortensia García, verwitwete Conejero

PS. Ich lege ein Foto von mir bei.

Sinatra betrachtete das Foto. Es beeindruckte ihn nicht sonderlich. Eine reife Frau mit rundlichem Gesicht und dunklen Haaren. Nichts Besonderes. Er kannte sie nicht,

hatte sie noch nie gesehen. Und da lag ihr Brief. Er war verwirrt und fühlte ein Unwohlsein im Magen. Zuviel Bier. Er ging zur Toilette und übergab sich. Danach fühlte er sich besser, bestellte einen doppelten Kaffee und las den Brief noch einmal. Er wußte nicht, was er tun sollte.
Am Abend dachte er wieder an die Frau. Er hatte irgendwie gehofft, daß ihm jemand Jüngerer schreiben würde, aber das wäre wohl zuviel verlangt. Er könnte weiter darauf hoffen. Vor ihm lagen Hunderte von Nächten, und es würden laufend Briefe kommen.
Sinatra sah auf die Uhr. Es war drei Uhr morgens. Nur ein Pensionsgast war noch nicht im Hause. Ihm war nach einem Nickerchen im Sessel zumute.
Sinatra zerstreute sich damit, den langen, engen Gang der Pension zu betrachten und die alten, mit Kugelschreiber beschrifteten Schilder, die dort angebracht waren.

BITTE RUHE!
BESUCH AUF DEN ZIMMERN IST UNTERSAGT.

Auf jeder Seite des Ganges gab es zehn oder zwölf dunkelbraun gestrichene Türen, die mit Nummern versehen waren. Und hinter diesen Türen Menschen, die versuchten auszuruhen. Viele schafften es nicht. Sinatra konnte ihr Husten hören, ihre kleinen nächtlichen Geräusche. Er konnte sehen, wie die schwachen, trübseligen Glühbirnen angeknipst und wieder ausgeschaltet wurden. Er konnte die Leute sehen, wenn sie aufstanden und zum Pinkeln gingen. Sie bewegten sich langsam und schweigend wie verzweifelte Gespenster und kehrten dann in ihre Zimmer zurück. Kurz darauf kamen sie wieder heraus, um ihn um eine Zigarette zu bitten, vom Wetter zu reden oder um nicht verrückt zu werden. Vielen von ihnen fehlte eine Frau, oder sie hatten

sie verloren. Anderen fehlte eine Arbeit. Den Frauen fehlte immer ein Mann oder ein Kind. Und allen fehlte ein Zuhause. Sinatra kannte sie alle.
Er kannte die schrulligen Alten, die nächtelang neben ihrem Kanarienvogel beteten. Er kannte die Kleinganoven, die Drogen auf der Plaza Real verkauften. Er kannte die einsamen Tellerwäscher, die mit einem billigen Pornoheft onanierten. Er kannte die unheimlichen, finsteren Marokkaner, die nächtliche Raubzüge unternahmen. Er kannte die Polizisten, die nach ihnen suchten. Er kannte die, die in ihren Zimmern durchgedreht waren. Er kannte die, die sie gerettet hatten. Er kannte sie alle.
Plötzlich bekam er Lust, den Brief zu beantworten. Er stellte sich diese Frau in ihrem schlichten, sauberen Zimmer vor, einsam in ihrem Ehebett, den Kopf auf einem weiß bezogenen Kissen und die schlafende Katze zu ihren Füßen. Vielleicht dachte sie an ihn.
In diesem Augenblick wäre er gerne bei ihr gewesen, hätte mit ihr Kreuzworträtsel gelöst, Karten gespielt oder Kaffee getrunken. Sie war wohl nichts Besonderes, aber das machte nichts.
Sinatra erinnerte sich daran, daß in der kleinen Küche der Pension eine volle Kognakflasche stand. Er wußte, daß ihm der Alkohol nicht guttat, aber er konnte nicht widerstehen. Er stand auf, ging in die Küche, nahm die Flasche und ein Glas und schenkte sich kräftig ein. Dieser Kognak schmeckte teuflisch. Einen Augenblick lang dachte er schon, in der Flasche sei ein Putzmittel. Trotzdem fühlte er sich danach wohler und schaltete das Radio ein, nicht sehr laut. Eine Sprecherin mit samtiger Stimme sprach zu ihm. Er setzte sich wieder, schob den Stuhl ein wenig zurück und legte die Füße auf den Tisch. Dann widmete er sich eine halbe Stunde

lang dem Kognak. Schließlich griff er zu Papier und Kugelschreiber und begann zu schreiben:

Sehr geehrte Frau Hortensia García, verwitwete Conejero,

ich habe getrunken wie ein Kosak. Jetzt sehe ich die Buchstaben doppelt und habe Angst, vom Stuhl zu fallen. Sie werden glauben, daß ich ein armseliger Trunkenbold bin, aber bitte verstehen Sie, daß ich Ihnen nicht schreiben könnte, wenn ich nicht ein paar Glas getrunken hätte. Ich habe Angst bekommen vor den Frauen. Vor einer Weile dachte ich daran, daß Sie allein in Ihrem Bett liegen und ich Ihnen gerne Gesellschaft leisten würde. Bitte verstehen Sie mich nicht falsch, nur um Karten zu spielen oder etwas dergleichen. Sicherlich werden Sie mir nie wieder schreiben. Sogar das Briefpapier wird wohl nach Kognak stinken.

Was soll ich machen? Wenn ich reich wäre und mir die Frauen nachliefen, wäre ich nicht Mitglied des Klubs geworden. Diese Woche habe ich Lotto gespielt, aber ich glaube nicht, daß ich gewinne. Wir werden sehen.

Ich bin immer ein angenehmer Mensch gewesen und habe mein Geld als Vertreter von Shampoo und Hautcreme verdient. Ich hatte Freunde und hin und wieder ein Mädchen zum Ausgehen. Dann heiratete ich, und ein Jahr später haute meine Frau ab.

Jetzt arbeite ich als Nachtportier in einer Pension. Es geht mir beschissen. Es ist, als ob mir eine Hexe ihr giftiges Gebräu eingeflößt hätte. Wenn ich Kindern zulächle, erschrecken sie. Verzeihen Sie, Señora Hortensia, aber ich werde noch ein Glas trinken.

Prost!

Also gut, was halten Sie davon, mich zu sich zum Abendessen einzuladen? Es könnte doch ganz nett werden, meine ich. Was ich am liebsten mag, ist Kalbsbraten. Sicherlich kochen Sie göttlich.

Ich glaube, ich schreibe zuviel Unsinn. Eine Fliege ist in mein Glas gefallen, und ich kann sie nicht herausangeln. Meine Güte, hab' ich einen sitzen! Bald wird der letzte Pensionsgast nach Hause kommen und mir auf die Nerven gehen. Ich werde ihm sagen, ich hätte seinen Schlüssel verloren, und ihn auf eine Bank auf den Ramblas schicken.

Meine Socken machen mir Sorgen, Señora Hortensia. Ich habe immer noch nicht stopfen gelernt, und jedesmal, wenn einer kaputtgeht, muß ich neue kaufen. Das wird mich noch ruinieren. Glauben Sie, daß es richtig war, auf 2 zu tippen in dem Spiel Salamanca – Betis?

Zu Ihren Füßen
Frank Sinatra

Sinatra steckte den Brief in einen Umschlag, frankierte ihn, schrieb die Anschrift darauf und kippte den restlichen Kognak hinunter, der noch im Glas war. Für ein paar Minuten überließ er die Pension sich selbst, lief schwankend den dunklen Gehweg der Hospital-Straße entlang, schaffte es, den Brief in den Postkasten an der Plaza San Agustin zu werfen, und kehrte zurück an seinen Platz.

2

Sinatra wachte auf, und seine Hosen waren wie ein Turban um seinen Kopf geschlungen. Er hatte es nicht bis ins Bett geschafft und fand sich nun auf dem Fußboden in seinem Zimmer. Einer seiner Schuhe war auf dem Bett gelandet, den anderen hatte er an. Es war ihm, als ob ein riesiger Elefantenhuf seinen Kopf zermalmte, und in seinem Magen loderte Feuer.
Vorsichtig öffnete er die Augen. Mühsam erhob er sich und ging zu dem kleinen Waschbecken in seinem Zimmer. Er trank drei Glas Wasser und wusch sein Gesicht. Allmählich fühlte er sich besser.
Sinatra zündete eine Zigarette an, legte sich aufs Bett und versuchte sich zu erinnern. Er hatte das Gefühl, etwas Furchtbares getan zu haben, einen Brief an eine Frau geschrieben oder jemanden umgebracht zu haben. Er war sich nicht sicher. Er hatte nur einige wirre Bilder von sich selbst, wie er die Hospital-Straße entlang ging, und von einer Kognakflasche. Da wurde an seine Tür geklopft.
»Hey, Sinatra! Bist du da?«
»Ja, was gibt's?«
»Ich bin es, Manolo.«
Manolo war ungefähr 50 Jahre alt und leitete tagsüber die Pension. Er war ein kleiner, lüsterner Galicier, behaart wie ein Affe, und gab sein ganzes Geld aus für Cremes, die die Erektion verlängern, spezielle Präservative und alle möglichen ähnlichen Dinge, ohne daß er sie je gebrauchen konnte.

»Was willst du, Manolo?«
»Es ist ein Brief für dich gekommen.«
Sinatra erschrak. »Ein Brief? Für mich?«
»Ja doch. Soll ich ihn dir bringen?«
»Nein, warte! Ich hole ihn gleich... Ich wollte gerade weggehen.«
»Okay. Wie du willst.«
Sinatra hörte, wie sich Manolos Schritte in dem langen Gang entfernten. Einen Augenblick lang verharrte er regungslos, dann begann er sich anzuziehen. Seine Hände zitterten wieder. Er sagte sich, daß er ein Bier brauche. Nur eins.
Der Brief lag auf dem Tisch, an dem er die Nächte verbrachte. Er sah ihn sofort. Auf einen Blick konnte er seinen Namen auf dem Umschlag lesen, der dieses Mal nicht blau, sondern rosa war. Er nahm den Brief und eilte auf die Straße.
Er wollte in das Lokal, in das er jeden Tag ging, aber er verwechselte die Tür, betrat einen benachbarten Tabakladen und bestellte ein Bier.
Die Frau hinter der Theke sah in verblüfft an: »Tut mir leid, Señor. Das haben wir hier nicht«, stotterte sie dann. Sinatra sah sich um, als suchte er nach einem freien Tisch, stieß ein nervöses Lachen hervor, strich sich über die Stirn, kaufte ein Päckchen Ducados, zahlte und floh, ohne auf das Wechselgeld zu warten.
In seiner Jackentasche steckte eine wildfremde Frau. Er befand sich mitten auf den Ramblas, war verkatert, und Panik hatte von ihm Besitz ergriffen. Er wußte nicht, wo er hingehen sollte. Ein paar Stunden lang wanderte er von Canaletas zum Hafen und ging dann schließlich erschöpft und durstig in ein Lokal und bestellte ein Bier.

Seine Fingerkuppen streichelten flüchtig den Brief in seiner Jackentasche, aber er zog die Hand sofort zurück, als hätte er den elektrischen Schlag eines schleimigen Aales bekommen. An dem Tisch im Lokal träumte er von der neuen Frau. Er fragte sich, welche Farbe ihre Schlüpfer hatten, welche Liebhaber sie gehabt hatte, was sie bei ihm erhoffte oder suchte, welche Geräusche sie beim Schlafen von sich gab in den Winternächten, wieviel Geld nötig wäre, um sie zu erobern, ob er Frieden an ihrer Seite finden würde oder die Hölle.

Trotz alledem konnte er den Brief nicht öffnen. Eine Nacht fiel ihm ein, als seine Frau ein wenig traurig von der Arbeit gekommen war, ihn weckte und sagte: »Sinatra, du mußt mir helfen.«

Sinatra war nackt aufgestanden, hatte seinen Musterkoffer geholt und versucht, ihr eine Faltencreme zu verkaufen. Sie hatte nicht aufgehört zu lachen und ihren Kopf zurückgeworfen, daß die Haare flogen. Die ganze Nacht lang hatten sie Verkäufer und Kundin gespielt, bis sie eingeschlafen war.

Es war nichts Bedeutsames gewesen, aber er mußte unaufhörlich daran denken, bis jenes Mädchen in das Lokal kam und sich neben ihn setzte. Er sah sie lange an.

Sie war fast noch ein Kind. Kurze braune Haare fielen ihr in die Stirn. Sie trug ein weißes T-Shirt mit aufgedrucktem Snoopy und Jeans. Sie hätte ein wunderschönes Gesicht gehabt, wenn sie nicht so verdammt geschielt hätte. Auf ihren Armen trug sie ein in eine Decke gehülltes Baby.

Sinatra wurde starr. Wieder bekam er Angst. Er versuchte sich zu sagen, daß das Mädchen harmlos war, daß es sich mit seinem Kind hier hingesetzt hatte, um einen Kaffee zu trinken. Es nutzte nichts. Er bekam einen Wadenkrampf und mußte aufstehen. Da bat sie ihn unvermittelt um eine Zigarette.

Sinatra war nicht zur kleinsten Bewegung fähig. Er wußte wirklich nicht, in welches ihrer Augen er schauen sollte. Das Baby schien zu schlafen.

»Bedien dich«, sagte er.

Diese Antwort war so strahlend gewesen wie die Morgenröte. Es schien ihm, als hätte nicht er gesprochen, sondern der echte Sinatra.

Sie lächelte, streckte die Hand aus nach dem Päckchen Ducados, nahm eine Zigarette, hielt sie zwischen den Fingern und fragte: »Hast du Feuer?« Sinatra suchte nach dem Feuerzeug, das er nicht hatte, und merkte nicht, daß er mit einer Schachtel Streichhölzer spielte.

»Hab keins«, sagte er.

»Und das da?« Das Mädchen wies mit ihrer Stupsnase auf die Streichholzschachtel.

»Oh, entschuldige!« rief er und zündete ihr die Zigarette an. Ein paar Minuten lang schwiegen sie. Sinatra dachte, daß sich die Augen des Mädchens kreuzten wie die Schwerter zweier Könige in einem Duell auf Leben und Tod.

»Hast du was?« fragte sie.

Sinatra beschloß, nur in ihr linkes Auge zu sehen, und senkte gleichzeitig den Blick auf die Brüste des jungen Mädchens, die zwei Geschwulste auf den Wangen Snoopys zu sein schienen.

»Na ja, jeder hat doch so seine Probleme.«

Sie nickte und blickte bekümmert auf das Baby: »Mir geht es auch nicht gut.«

»Hat das mit dem Kind zu tun?«

»Mit uns beiden.«

Einen Augenblick lang fühlte Sinatra sich mutig und erklärte: »Ich würde dir gerne helfen.«

Das Mädchen schüttelte den Kopf. »Danke, aber ich glaube, das kannst du nicht.«
»Du könntest mir ja wenigstens mal sagen, was du hast«, beharrte Sinatra. »Eben hast du mich gefragt.«
»Es ist nicht leicht zu erklären, weißt du. Ich kenne dich doch erst seit einem Augenblick.«
»Sagst du mir, wie du heißt?«
Sie zuckte die Schultern und lächelte wieder: »Ich habe einen sehr häßlichen Namen, und wahrscheinlich werde ich mich nie trauen, ihn zu sagen.«
»Aber irgendwie muß man dich doch nennen.«
»Ich werde Natalia genannt, aber das ist nicht mein Name. Er heißt David«, fügte sie hinzu und zeigte auf das Baby.
»Ich bin Sinatra... ich meine Antonio.«
»Schönes Durcheinander von Namen«, sagte Natalia mit einer kindlichen Grimasse.
Ein unbekanntes Gefühl der Ruhe hatte von Sinatra Besitz ergriffen. Soweit er sich erinnern konnte, hatte er seit Jahren nicht mehr mit einem jungen Mädchen gesprochen, es sei denn, wenn er in die Bäckerei ging oder Socken einkaufen, in immer demselben Geschäft. Er trank einen Schluck Bier und sagte sich, daß alles bestens stehe. Der rosafarbene Umschlag in seiner Jackentasche war keine Zeitbombe mehr.
»Ich bin von zu Hause weggelaufen«, gestand sie ihm plötzlich.
Das Glas zitterte unmerklich in Sinatras Hand, und wieder erschien das verzerrte Lächeln auf seinem Gesicht.
»Hast du deinen Mann verlassen oder deine Eltern?« fragte er.
»Alle.«
»Und hast du... Ich meine, kennst du Leute, die dir helfen können oder dir eine Unterkunft besorgen?«

»Nein, ich habe niemanden. Ich würde gerne in eine Pension ziehen, aber ich bin minderjährig und habe kein Geld.«
»In eine Pension?«
»Ja, oder so was Ähnliches.«
»Wie alt bist du, Natalia?«
»Sechzehn.«
Sinatra trank sein Bier aus. Einen Augenblick lang hatte er wieder Angst, und dann sagte er, fast ohne zu überlegen: »Ich arbeite als Nachtportier in einer Pension. Vielleicht kann ich dir doch helfen.«
Zwei schiefe Sternchen leuchteten in Natalias Augen. Sie sagte nichts. Sie sah das Baby lange an und fragte: »Muß ich dann mit dir schlafen, Antonio?«
Sinatra konnte nicht anders. Er strich Natalia übers Haar, so, als ob er einen kleinen Hund streicheln würde, und kniff sie leicht in die Nase: »Natürlich, Kleine. Nicht nur mit mir, sondern mit allen in der Pension. Mit den Trunkenbolden von der Eckkneipe, mit der Alten, die Lotterielose verkauft, mit den Kerlen, die die Butangasflaschen bringen, mit denen, die den Strom ablesen, aber vor allem mit mir, ein dutzendmal am Tag, mindestens.«
Natalia lachte: »Ich glaube, du bist verrückt, Antonio. Noch verrückter als ich.«
»Aber sicher. Ich weiß nur noch nicht, wie ich dich heimlich in die Pension schaffen kann.«
»Ich will dir keine Probleme machen, wirklich. Denk dir nichts, ich komme schon zurecht.«
»Laß mich nur machen. Ich werde das schon hinkriegen«, sagte Sinatra nachdenklich.
Natalia holte eine 50-Peseten-Münze aus einer kleinen Börse: »Das ist alles, was ich habe. Teilen wir uns ein Bier?«
Ohne auf die Antwort zu warten, lachte Natalia wieder.

Aber dieses Mal ein irres, abwesendes Lachen. Sie zeigte nur ihre Zähne und verzog die Lippen für jemanden, der nicht existierte. Sie lachte einem Gespenst zu, das sich hinter der Theke verbarg. Sinatra wußte, daß es nicht ihm galt. Natalia lachte unaufhörlich einige Minuten lang. Das Baby schlief noch immer. »Gehen wir«, schlug Sinatra vor. Natalia willigte ein.

In der Pension fanden sie Manolo vor, der an dem Tisch neben dem Schlüsselbrett saß. Er drehte einen Zauberwürfel in seinen Fingern und war völlig vertieft darin.

»Wie geht's, Manolo?«

»Das ist vielleicht verzwickt«, antwortete der Galicier, ohne den Blick zu heben. »Kennst du dich aus mit dem Zauberwürfel?«

»Keine Ahnung.«

»Ich werde es dir mal zeigen. Du glaubst gar nicht, wie schwierig das ist...«

»Hör mal, Manolo.«

»Was denn?«

»Ich muß mit dir reden.«

»Jetzt gleich?« fragte Manolo neugierig.

»Ja, sofort.«

Manolo machte eine mißmutige Geste, legte den Zauberwürfel auf den Tisch und sah Natalia jetzt erst genauer an. Sie schenkte ihm ein kindliches Lächeln.

»Hallo, Manolo«, sagte sie nur.

»Hallo.«

Sinatra nahm Manolo am Arm, zog ihn ein paar Meter den Gang entlang und bedeutete Natalia, sich mit dem Baby in den wackeligen einzigen Stuhl zu setzen, den es in der Pension gab. »Manolo, ich möchte dich um einen Gefallen bitten. Aber zunächst will ich dir sagen, daß ich das Mädchen nicht anrühren werde und du auch nicht. Verstanden?«

»Mensch, ich...«

»Gut. Alles, was ich möchte, ist, daß sie ein Zimmer bekommt, ohne dafür zahlen zu müssen. Ich habe sie in einer Kneipe getroffen. Sie ist minderjährig und mit ihrem Kind von zu Hause durchgebrannt, und sie hat kein Geld. Das Zimmer Nummer 24 ist doch frei, und es dreht sich nur darum, daß sie dort in Ruhe bleiben kann. Sonst nichts. Einverstanden?«

»Scheiße, Sinatra. Du immer mit deinen seltsamen Geschichten... Und wenn die Eidechse kommt?«

Die Eidechse war 83 Jahre alt und der Besitzer der Pension. Er tauchte nur immer am Anfang des Monats auf, kassierte, lief einmal den Gang auf und ab, ging zum Pinkeln und verschwand wieder. Noch nie hatte er etwas anderes getan.

»Du weißt doch, daß die Eidechse nie was mitbekommt. Außerdem war er letzte Woche hier und wird bestimmt erst in drei Wochen wiederkommen, frühestens.«

»Ich habe Angst, Sinatra. Das kann mich den Job kosten.«

»Keine Bange. Ich nehme alles auf meine Kappe.«

»Aber sie ist doch noch ein Kind, Mensch. Und wenn eines Abends die Polizei kommt und...«

»Mach dir keine Sorgen. Ich steht dafür gerade. Du kennst sie nicht. Du hast keine Ahnung von nichts. Einverstanden?«

»Okay«, willigte Manolo resigniert ein.

Sinatra ging zurück zu Natalia, zündete sich eine Zigarette an, und mit einer fast unmerklichen Spur von Selbstzufriedenheit, wie er sie seit langem nicht mehr gefühlt hatte, sagte er: »Komm, Natalia. Es ist alles in Ordnung.«

Das Zimmer war kaum größer als das kleine Bett, das darin

stand. Es gab kein Fenster. An den Wänden waren einige obszöne Kritzeleien. Die Tür war mit kleinen Löchern durchsiebt, die mit Zeitungspapier verstopft waren. Eine gelbliche Glühbirne baumelte von der Decke. Das war alles.
»Also, Natalia, das ist es. Nichts Besonderes, aber das einzige, was ich dir anbieten kann.«
Sie schaute sich dieses Loch an, als handelte es sich um das Schlafgemach einer ägyptischen Königin.
»Oh, Antonio. Es ist wunderbar.«
Natalia küßte Sinatra flüchtig auf die Wange, und plötzlich schleuderte sie das Baby mit außerordentlicher Heftigkeit an die Zimmerdecke. Der gewaltige Schwung ließ es dann gegen die Wand prallen und anschließend dumpf auf dem Boden aufschlagen. Sinatra erstarrte: »Mein Gott, Natalia, du hast es umgebracht«, stotterte er.
»Ich bin so glücklich«, lachte sie.
Da erst konnte Sinatra das Baby richtig sehen. Es war eine dieser beschissenen Gummipuppen, eines der kahlen Ungeheuer, die genauso aussehen und genauso groß sind wie ein echter Säugling.
Sinatra fühlte ein heftiges Erdbeben in seinen Eingeweiden toben. Seinen Durchfall hatte er lange Zeit vergessen gehabt. Jetzt zitterten seine Beine. Er war bleich. »Entschuldige, Natalia. Ich bin gleich wieder da«, sagte er schnell und stürzte zur Toilette.
Er setzte sich auf die Schüssel, ließ einen verheerenden Schiß los, holte den rosafarbenen Umschlag aus seiner Jackentasche, öffnete ihn und begann den Brief zu lesen.

Lieber Herr Castro,

ich bin 52 Jahre alt und arbeite als Kellner im Barrio Chino. Mein wirklicher Name ist Rosendo, aber alle

kennen mich als ›die Rosita‹. Sie verstehen schon. Ich bin in Cadiz geboren, lebe aber schon seit langen Jahren in Barcelona. Alle meinen, daß ich ein lustiges Haus bin, weil ich immer Späße mache, und wenn die Bar schließt, singe ich Flamenco, und manchmal tanze ich auf den Tischen. Als ich jünger war, arbeitete ich in einer Flamencogruppe, und aus dieser Zeit habe ich einige sehr schöne Aufnahmen. Aber wenn ich nachts nach Hause komme, muß ich weinen, und ich will nicht, daß meine liebe Mutter etwas erfährt. Die Ärmste ist schon sehr alt.
Ich bin verliebt in einen Jungen, der seit drei Monaten in der Bar arbeitet. Er heißt Ramon und ist auch aus Andalusien. Er macht sich gar nichts aus mir und will nur Geld von mir. Vor ein paar Tagen habe ich mir eine blonde Perücke gekauft, um zu sehen, ob ich ihm damit besser gefalle. Aber es war nur noch schlimmer, und jetzt macht er sich über mich lustig.
Ich bin dem Klub beigetreten, damit ich auf diese Weise vielleicht jemanden finde, der mich wirklich liebt, denn mein Herz ist gebrochen, und ich brauche Hilfe.
Ich habe schon daran gedacht, meine Arbeit aufzugeben, um nicht in Ramons Nähe zu sein, aber es ist mir lieber, ich kann ihn sehen, auch wenn er mich verachtet, als zu wissen, daß ich ihn für immer verliere.
Es wäre schön, wenn Sie in die Bar kämen und wir ein paar Glas zusammen trinken könnten. Es macht nichts, wenn Sie nicht auf Männer stehen. Wir könnten Freunde sein. Ich möchte auch gerne, daß Sie mich ›El relicario‹ [Der Reliquienschrein] singen hören. Das ist mein Lieblingslied.

Bitte schreiben Sie mir.

Rosendo Lopez

Als Sinatra in Natalias Zimmer zurückging, lag sie schlafend im Bett und hielt die Gummipuppe im Arm. Er deckte sie mit der schäbigen Decke zu, küßte sie zart auf die Schläfe und ging leise davon.

3

Der zweite Brief von Señora Hortensia Garcia verwitwete Conejero gelangte eines Montagmorgens in Sinatras Hände und verschaffte ihm ein gewisses Gefühl der Erleichterung. Er nahm an, daß es sich um eine stille, friedfertige Frau handelte, und dieser Gedanke ließ ihm wohler sein. Während der letzten Tage hatte er nichts anderes getan, als sich um Natalia zu kümmern, und seine Nerven waren zum Zerreißen gespannt. Er hatte nichts über sie erfahren können. Irgendwo mußte sie doch eine Familie oder ein Zuhause haben. Er mußte für alles sorgen. Natalia bat ihn um Milch für ihre Puppe und wollte das Zimmer nicht verlassen. Sinatra hatte sie ins Herz geschlossen, und er konnte sie nicht im Stich lassen. Manolo hatte ihm vorgeschlagen, sie in eine Nervenheilanstalt zu bringen.

Andererseits war er besorgt wegen Rosendo Lopez, der Rosita. Er hatte geträumt, daß er ihn in einem rosafarbenen Wald getroffen hätte, wo Rosendo seiner Mutter Milchkaffee einschenkte und um seinen Holden aus der Bar weinte. Er wollte ihm helfen und hatte die Absicht gehabt, ihm zu schreiben oder ihn zu besuchen, aber er traute sich nicht. In der Broschüre des Klubs hatte er sein Foto gefunden. Rosendo war kahl, dick und hatte das Gesicht einer Galionsfigur. In diesem Augenblick tauchte Natalia auf dem Gang auf.

»Antonio...«

»Was gibt's?«

»Das Kind ist krank. Es hat Fieber.«

Sinatra strich sich übers Gesicht, schloß die Augen und biß sich auf die Lippen
»Und was soll ich da tun, Natalia?«
»Einen Arzt holen.«
»Was?«
»Ja, du mußt einen Doktor holen. Ich glaube, es geht ihm sehr schlecht.«
»Wir sollten noch ein wenig abwarten und ihm ein Aspirin geben«, sagte Sinatra mit unendlicher Geduld.
»Nein, es muß sofort sein.«
Blitzschnell hatte Sinatra einen Einfall: »Natalia, es gibt da etwas, was ich dir nie gesagt habe, aber jetzt sollst du es wissen. Hör mir bitte genau zu.«
Sie schwieg.
»Vor einigen Jahren habe ich mein Studium abgebrochen. Ich hatte nicht genug Geld. Die Zeiten waren hart, und ich mußte arbeiten gehen, aber mir fehlte nur noch ein Jahr, um das Medizinstudium abzuschließen. Hab Vertrauen zu mir. Ich kann mich um David kümmern.«
Natalia versenkte ihren schrägen Blick in Sinatras Augen.
»Lügst du auch nicht?«
»Ich schwör's dir.«
»Na gut, komm mit«, sagte Natalia, packte Sinatra an der Hand und zog ihn in ihr Zimmer.
Die Puppe war bis zum Hals zugedeckt. Nur der Gummikopf auf dem Kopfkissen war zu sehen.
»Schau, der arme Kleine ist eingeschlafen«, sagte Natalia.
Sinatra trat ans Bett, legte seine Hand auf die Stirn der Puppe und zog sie nach ein paar Sekunden zurück.
»Er hat hohes Fieber, nicht wahr?« fragte sie besorgt.
»Es ist nichts Ernstes, Natalia. Wahrscheinlich hat er sich erkältet.«

»Du mußt ihn genauer untersuchen.«
Sinatra schlug sanft die Decke zurück und legte mit einigem Widerwillen sein Ohr auf den Brustkorb der Puppe. Einen Augenblick lang meinte er den Schlag eines echten Herzens zu hören.
»Dein Kind ist ganz in Ordnung«, sagte er schließlich. »Du kannst beruhigt sein.«
»Sag mir die Wahrheit, Antonio. Bitte!«
»Hab ich dir schon gesagt.«
Natalia deckte die Puppe wieder zu und küßte sie auf die Stirn.
»Er ist alles, was ich habe, weißt du.«
»Mich hast du doch auch noch.«
»Sicher, aber das ist etwas anderes.«
Sinatra sah auf die Uhr. Er wollte allein sein und den neuen Brief lesen. Er befürchtete, in Natalias Nähe verrückt zu werden, aber gleichzeitig fiel es ihm schwer, sie allein zu lassen. Er sah sie zärtlich an.
»Ich muß gehen, Kleine. Mach dir keine Sorgen. Später komme ich noch mal und sehe nach dem Baby.«
Natalia setzte sich aufs Bett und senkte den Kopf. »Ich werde hier auf dich warten.«
»Gut, bis nachher«, sagte Sinatra schnell und flüchtete in sein Zimmer.
Als er alleine war, atmete er erleichtert auf, schloß die Tür ab und warf sich aufs Bett. Er holte den Brief heraus und legte ihn neben sich auf die Bettdecke. Ein paar Minuten lang sah er ihn an und überlegte, ob diese Frau ihm helfen würde. Vielleicht könnte er sie fragen, was er mit Natalia tun oder ob er Rosendo Lopez besuchen sollte. Er war sich nicht sicher, ob er ihren ersten Brief beantwortet hatte. Der blaue Umschlag, wie beim ersten Mal,und die kleine Schrift

flößten ihm Vertrauen ein. Trotz alledem brauchte er wieder einen Drink. Wenn er in dem Klub bliebe, würde er bei den Anonymen Alkoholikern enden.
»Na komm schon, Alter. Nur Mut«, sagte er sich und begann den Brief zu lesen.

Lieber Antonio,

ich habe Ihren Brief erhalten und möchte Ihnen zuallererst sagen, daß ich Sie sehr gut verstehe und es Ihnen nicht verüble, daß Sie mir in betrunkenem Zustand geschrieben haben. Ich bewundere Ihre Aufrichtigkeit und danke Ihnen, daß Sie mir Ihre Probleme anvertraut haben. Ich weiß, daß die Enttäuschungen in der Liebe sehr schmerzlich sind, aber denken Sie daran, daß Sie nicht der einzige sind, der darunter leidet, und daß viele Menschen auf der Welt viel Schlimmeres erdulden müssen. Lange Zeit habe ich in der Pfarrgemeinde meines Stadtteils mitgearbeitet und versucht, anderen Gutes zu tun, aber dann habe ich damit wieder aufgehört. Ich weiß selbst nicht recht, warum.
Ich hoffe, daß Sie die Angst vor Frauen allmählich verlieren, und möchte Ihnen sagen, daß ich Ihnen nichts antun, sondern Ihnen helfen möchte, diesen schwierigen Lebensabschnitt zu überwinden.
Weiter möchte ich Ihnen sagen, daß Sie sehr amüsant sind und einige Teile Ihres Briefes sehr vergnüglich waren. Aber ich möchte Ihnen auch dringend raten, sich nicht dem Alkohol hinzugeben, obwohl ich kein Recht habe, Ihnen Ratschläge zu erteilen. Aber ich habe schon viele Menschen gesehen, die ihr Leben damit ruinierten, und möchte nicht, daß Ihnen das gleiche widerfährt.
Ich hätte sehr gerne das Vergnügen, Sie persönlich ken-

nenzulernen, und lade Sie daher ein, am Sonntag zum Essen zu kommen, wenn es Ihnen paßt. So eine gute Köchin, wie Sie glauben, bin ich nicht, aber ich werde mein möglichstes tun, damit es Ihnen schmeckt.

Mit diesem Brief schicke ich Ihnen meine Visitenkarte. Wenn Sie möchten, rufen Sie mich einmal abends an und sagen Sie zu.

Im Augenblick fällt mir nichts mehr ein, was ich Ihnen sagen könnte. Am Sonntag werden wir Zeit haben, miteinander zu plaudern, vorausgesetzt natürlich, daß Sie Lust haben zu kommen.

Mit freundlichen Grüßen
Hortensia

Sinatra lächelte vor sich hin. Dieser Brief war vielversprechend. Eine Frau mit einem Leib aus Papier, gekleidet in blaue Buchstaben, lud ihn zum Essen ein. Er hatte sich daran gewöhnt, alleine zu essen, und konnte sich nicht daran erinnern, wie es war, mit einer Frau bei Tisch zu sitzen. Ganz allmählich fühlte er sich wieder von einer unbekannten Gefahr bedroht. Er hörte auf zu lächeln. Eine Reihe von alptraumhaften Möglichkeiten fuhr ihm durch den Kopf.

Ob er sich auf das weiße Tischtuch der Señora Hortensia übergeben, ob ihm eine Fischgräte im Hals steckenbleiben, ob er fürchterlich rülpsen, ob er aus Ungeschicklichkeit Tassen und Gläser zerdeppern, ob ihm eine Olive von der Gabel springen und die Frau ins Auge treffen würde? Ob er vielleicht keinen Bissen hinunterbrächte? Oder ob alles gutginge und er nie wieder im Leben alleine essen wollte?

Es schien ihm, als handelte es sich um eine gewagte, ja aussichtslose Unternehmung. Und dann seine Kleidung. Er

hatte nur zwei Hemden, ein weißes und ein braunes, und wußte nicht, welches der beiden passender wäre. Dann sah er auf seine Schuhe. Sie bräuchten etwas Schuhcreme, und eine Sohle hatte sich abgelöst. Er kroch unter das Bett und fand ein paar kaputte, unnütze Stiefel. Drei zerknitterte, aus der Mode gekommene Hosen besaß er. Er ging zum Schrank, öffnete ihn und suchte nach einer Krawatte. Er hatte keine. Nackt konnte er nicht zum Essen erscheinen. Er würde sich etwas zum Anziehen kaufen müssen, aber wegen Natalia und der Puppe hatte er zu viele Auslagen gehabt. Dann fiel ihm ein, daß er jemanden um Geld bitten könnte, aber er wußte nicht, wen. Es wurde ihm bewußt, daß er keine Freunde hatte.
Vielleicht wäre es einfacher, von den Leuten in der Pension Kleidung zu borgen. Manolo trug für gewöhnlich grellbunte Jacketts, um aufzufallen. Auch keine gute Idee. Oder sollte er ein wenig Geld in einen Glücksspielautomaten stecken und versuchen, an den Hauptgewinn zu kommen? 5000 Peseten. Die kämen ihm gerade recht. Auch mit dem zweiten oder dritten Preis wäre ihm gedient. Doch das war nur ein Wunschtraum, und er verschwendete keinen weiteren Gedanken daran.
Er fand keine Lösung, ging in das Lokal neben der Pension und setzte sich auf einen Barhocker. Bier genügte ihm nicht mehr. Er bestellte das erste Cola mit Schuß, zündete sich eine Zigarette an und warf einen kurzen Blick auf die Glücksspielautomaten. Aber er wagte nicht einmal, 25 Peseten einzuwerfen. Es könnte ihn ruinieren. Er brauchte Hilfe. Rosendo Lopez, die Rosita.
Er erinnerte sich an ihn, als er bei der Hälfte des zweiten Cola mit Schuß angelangt war. Er wußte nicht, ob er etwas von Rosita bekommen würde, aber vielleicht hätte der

wenigstens irgendeine Idee. Die Bar war nur einige Straßen entfernt. Er würde hingehen und von seinen Problemen erzählen. Das war im Moment alles, was er tun konnte. Sinatra leerte sein Glas, zahlte und trat entschlossen auf die Straße.

Die Bar hieß »Die Muskatellerkönigin« und lag an der Ecke der Cadena-Straße. Sie war nicht sehr groß, und es gab nur vier oder fünf Tische. Ein Gast saß an einem der Tische und rauchte eine Zigarre. Die Wände hatten eine grünliche Farbe und waren mit Fotos von Fußballmannschaften und nackten Blondinen bedeckt. Ein Junge mit einem zigeunerhaften Einschlag spülte Gläser hinter einer hölzernen Theke. Sinatra konnte leicht erahnen, daß es sich um Ramon handelte.

»Hör mal, bitte«, sagte er schließlich.

»Was kann ich für Sie tun?« antwortete der Junge, ohne ihm allzuviel Aufmerksamkeit zu schenken.

»Ich suche Rosendo Lopez. Ich glaube, er arbeitet hier.«

»Wen?«

»Rosendo Lopez.«

Der Junge machte ein verständnisloses Gesicht. Sinatra zögerte einen Moment und sagte dann stotternd: »Den... die Rosita.«

Ramon machte eine verächtliche Geste, ohne mit dem Spülen aufzuhören.

»Heute ist sein freier Tag, aber er kommt normalerweise trotzdem. Wenn Sie warten wollen...«

»Gut. Ich werde eine Weile hierbleiben. Gib mir ein Cola mit Schuß, bitte.«

Sinatra wartete zwei Stunden lang und dachte, in welch einer lächerlichen und rührseligen Situation er steckte. Einige Male war er kurz davor zu gehen, aber er blieb. Er war hier, um jemanden um Kleidung zu bitten, um Geld oder nur ein paar Worte. Jemanden, den er nicht kannte und der ihm vielleicht nichts außer ein paar Unterhosen geben konnte.

Wieder hatte er zuviel getrunken und fühlte sich nicht wohl. Er schaute auf die Uhr, schüttelte den Kopf, und als er den Blick hob, sah er Rosita in der Bar auftauchen.

Es handelte sich um ein Wesen, das einem fetten Vampir mit kupferrotem Haar glich. Er trug eine dicke Make-up-Schicht auf seinem breiten Mondgesicht. Seine Brauen waren zwei dünne, gebleichte Bögen über den hervorquellenden Froschaugen. Der Mund sah aus wie mit Erdbeerjoghurt beschmiert. Er trug ein enganliegendes Jackett und Jeans. An seinem linken Arm baumelte eine weiße Plastiktasche. Er bewegte sich wie ein schlanker Dressman, der die letzten Neuheiten der Herbstmode vorführt.

Rosita ging geradewegs zur Theke, ohne zu den Tischen zu blicken, aber bevor Sinatra fliehen konnte, wandte er eine Sekunde lang den Kopf, und ihre Blicke trafen sich.

Rosita machte eine überraschte Geste, hielt inne und kam dann zu Sinatras Tisch.

»Mein Schätzchen, du kommst mich besuchen«, sagte er zärtlich und drückte ihm einen Kuß auf die Stirn.

Sinatra konnte nichts tun oder sagen. Am liebsten hätte er sich unter dem Tisch versteckt oder wäre gestorben.

»Du weißt ja nicht, wie glücklich ich bin, Kleiner. Ich habe nicht einmal gedacht, daß du mir antworten wirst, und jetzt finde ich dich hier in der Bar. Hey, Ramon, mein Hübscher, bring uns doch was zum Trinken. Was möchtest du, mein Süßer?«

Sinatra zuckte schwach die Schultern und senkte den Kopf.

»Was ist los mit dir?« fragte Rosita. »Du bist ganz bleich. Du bist doch nicht krank, oder?«

»Ein bißchen«, war Sinatras langsame, erschöpfende Antwort.
Rosita sah ihm in die Augen und erkannte sofort, worum es ging. Er war ein guter Menschenkenner und wußte, was Sinatra fehlte. Aber er sagte nichts. Auch er hatte Angst. Er hatte Angst, seitdem ihm klargeworden war, daß sich sein Körper geirrt hatte. Sinatra war ihm ausgeliefert. Von Rosita würde alles abhängen. »Antonio, mein Junge.« Mit seinem Zeigefinger hob er sachte Sinatras Kinn, das ihm auf die Brust gesunken war.
»Hörst du mich?«
»Ja, aber ich kann nicht sprechen.«
Rosita näherte sein Gesicht dem Sinatras. Aus der Musikbox ertönte ein Rumba. Ein Gast betrat die Bar.
»Sieh mich mal an, Antonio.«
Sinatra fand sich eingehüllt in einer Wolke mörderischen Parfüms, das nach künstlichen Bananen roch. In seinem Kopf drehte sich alles. Wieder einmal hatte es ihn gründlich erwischt. Er fragte sich, was seine Frau wohl gerade in diesem Augenblick tun mochte und warum sie nicht an seiner Seite war. Vor seinen Augen drehte sich das traurige Riesenrad eines verlassenen Rummelplatzes.
Er sah den kahlen Puppenkopf an Natalias Busen ruhen. Er sah den dunklen Gang der Pension voller verwelkter Blumen. Er sah ein schwarzes Fernsehgerät mit dem Gesicht von Señora Hortensia auf der Mattscheibe. Er sah, wie Manolo die Eidechse in seinem Bett aus roten Geldscheinen umbrachte. Er sah sich selbst hinter einer Maske aus Schlüsseln versteckt.
»Was du brauchst, ist ein Joint, mein Sohn. Du wirst schon sehen, dann fühlst du dich wie neu«, log Rosita und schreckte ihn aus seinen Visionen.

Sinatra hatte noch nie einen Joint geraucht, aber er willigte ein, indem er mühsam mit dem Kopf nickte.
Rosita holte einen Spiegel aus seiner Tasche, zog sich mit einer unbeschreiblichen Geste die Lippen nach und lächelte sich zu. Sinatra blieb auf dem elektrischen Stuhl in der Bar. Weit weg.
Ramon brachte zwei Cola mit Schuß. Er sah weder Rosita noch Sinatra an, sondern beschränkte sich darauf, die Gläser auf den Tisch zu stellen, und ging dann zurück zur Theke.
»Stehst du auf Frauen, Antonio?« fragte Rosita. Sinatra antwortete nicht. Er bemerkte, daß seine Hand, die er auf den Oberschenkel gestützt hatte, zitterte.
»Mein Junge«, drängte Rosita, »ich glaube, dich drückt ein Kummer, der dir die Seele zerfrißt, und ich möchte dir gerne helfen. Deshalb bist du doch auch gekommen, stimmt's?«
»Ich liebe meine Frau«, gestand Sinatra wie ein kleiner Junge.
Rosita schüttelte den Kopf und trank einen kräftigen Schluck Cola mit Schuß.
»Sie hat dich verlassen«, sagte er.
»Und ich liebe ein schielendes Mädchen«, fügte Sinatra hinzu.
»Du Ärmster...«
»Und ich will eine Frau kennenlernen, die Hortensia heißt.«
»Hör mal, Antonio«, sagte Rosita, nachdem er kurz nachgedacht hatte. »Es ist besser, wenn du nicht weiter trinkst, sonst wird dir das Herz noch mehr weh tun, und du richtest dich zugrunde. Wenn du willst, können wir zu mir gehen, es uns gemütlich machen, ein bißchen Musik hören und einen Joint drehen. Du wirst schon sehen, daß du dich dann besser fühlst. Okay?«

»Aber deine Mutter...«
»Keine Angst, mein Süßer, die Gute kriegt nichts mit.«
»Ich habe keine Kleidung und kein Geld«, schweifte Sinatra vom Thema ab.
»Was sagst du, Kleiner?« fragte Rosita überrascht.
»Keine Ahnung.«
»Na egal, du wirst dich besser fühlen und mir alles erzählen.« Sinatra antwortete nicht. »Ich möchte auch über Ramon sprechen«, fügte Rosita leise hinzu.
»Okay. Gehen wir«, willigte Sinatra ein.
Rosita wohnte in einem düsteren, dreistöckigen Gebäude, in der Nähe der Bar. Die altersschwache Eingangstür war aus Holz, und dahinter lag eine enge Treppe mit unregelmäßigen Stufen.
Sie stiegen in die zweite Etage. Rosita schloß eine Tür auf und ließ Sinatra eintreten.
»Schon sind wir da, Antonio«, sagte Rosita zufrieden. »Mach's dir bequem, Süßer.«
Sinatra befand sich in einem kleinen Wohnzimmer, das ausgefüllt war von zwei granatroten Plastiksesseln, einem Tisch mit einem Wachstuch voller Brandlöcher und einem alten Fernsehgerät auf einer Konsole. Den Fußboden bedeckte ein Teppich von unbestimmbarer Farbe, und die Wände waren tapeziert mit riesigen fleischfressenden Pflanzen.
»Rosendo, mein Junge...«
Sinatra wandte den Kopf in die Richtung, aus der die Stimme gekommen war. Hinter einer angelehnten Tür konnte er eine Greisin mit gelblichem Gesicht auf einem Bett liegen sehen.
»Ich komme gleich, Mama. Bin sofort bei dir«, antwortete Rosita.

Sinatra setzte sich. Da war er nun. In der Wohnung eines dicken Homosexuellen. Zum ersten Mal in seinem Leben würde er einen Joint rauchen. Es war ihm mittlerweile gleichgültig, ob er etwas bekommen würde, er wollte sich nur ein wenig besser fühlen, über all die Dinge sprechen, die er nicht erreicht, über all die Dinge, die er für immer verloren hatte.

Er glaubte, daß er sich auf Rosita verlassen könne.

»Antonio, mein Junge, soll ich dir einen Kaffee machen?«

»Ja, danke, gerne.«

Rosita verschwand in der Küche. Sinatra hörte ihn die Verse eines Boleros singen.

Sie saßen einander gegenüber und tranken Kaffee in dem schummerigen Wohnzimmer. Rosita erhob sich, schaltete das Radio ein und kehrte mit einem kleinen hölzernen Kästchen in der Hand zurück. Er setzte sich wieder und holte etwas aus dem Kästchen, das aussah wie ein kleines Stückchen Schokolade. Dann nahm er eine Zigarette, befeuchtete sie der Länge nach mit Speichel, öffnete sie und krümelte sich den Tabak in die Handfläche. Sinatra schaute schweigend zu.

Rosita legte das Stückchen auf den Tabak und erwärmte es mit dem Feuerzeug. Dann mischte er das Ganze, nahm ein Zigarettenpapier, drehte aus der Mischung eine Zigarette, klebte sie zu und sagte schließlich: »Fertig, mein Liebling. Du wirst es mögen.« Sinatra sah den Joint an, als handelte es sich um einen Revolver, der auf seine Schläfe zielte.

Rosita zog sein Jackett aus und entblößte seinen Oberkörper. Er hatte zwei dicke, hängende Brüste. Er zwinkerte Sinatra kokett zu und zündete den Joint an.

»Rosita... Ich möchte dir so viel erzählen, aber seit langem habe ich mit niemandem mehr gesprochen, und ich weiß nicht, wo ich anfangen soll. Es ist so, daß ich...«

»Keine Angst, Schätzchen, wenn du ein bißchen geraucht hast, wirst du reden wie ein Wasserfall.«

»Meinst du?«

»Liebe Güte, ich muß es doch wissen«, versicherte Rosita und reichte ihm den Joint. Sinatra nahm ihn vorsichtig, sah ihn mißtrauisch an und wagte schließlich, den Rauch einzuziehen.

»Schmeckt nicht schlecht«, sagte er etwas beruhigter.

»Rauch nur, Süßer, das ist gut fürs Herz.«

Ein eigenartiges Lächeln tauchte auf Sinatras Gesicht auf. Es war ihm, als schwebte er auf einem fliegenden Teppich zwischen den Minaretten einer schlafenden Stadt. Er machte es sich bequem in dem Plastiksessel und ließ zu, daß sein Bewußtsein sich öffnete wie eine seltsame Blume.

Rositas rechte Brustwarze war ein rosarotes Auge, das ihn ansah. Sinatra war durstig und bemerkte, daß sein Herz schlug wie eine wildgewordene Lokomotive, die er nicht bremsen konnte. Eine eisige Angst fuhr durch seinen Körper. Wenn er nun in diesem Sessel sterben würde? Er stellte sich vor, wie er weißgekleidet auf einem Regenbogen saß und auf die Erde blickte.

In diesem Augenblick sprach seine Frau durchs Radio zu ihm. »Sinatra, mein Liebling. Ich weiß, daß du da bist. Hör mir zu. Du ahnst ja nicht, wie schlecht es mir geht ohne dich und wie gerne ich wieder bei dir wäre. Aber ich traue mich nicht, dich zu suchen, nach so langer Zeit. Ich möchte dein Gesicht streicheln, dich küssen, mit dir schlafen, an deiner Seite aufwachen, wie früher.

Ich kann nicht mehr, Sinatra. Ich möchte bei dir sein. Nie werde ich mir verzeihen, daß ich den Fehler beging, dich zu verlassen. Hörst du mich, Liebling...? Hörst du mich?«

Sinatra fühlte die Hand seiner Frau auf seinem Schenkel. Er

spürte, wie sich ihr Körper an seinen preßte. Sie streichelte seine Brust unter dem offenen Hemd, und ihr Parfüm, das nach künstlichen Bananen roch, hüllte ihn mit unendlicher Zärtlichkeit ein. Er überließ sich ihr.

Er schloß die Augen, und seine Frau öffnete langsam den Reißverschluß seiner Jeans. Er konnte es nicht fassen. So lange war er ohne sie gewesen. Er küßte die dicken Brüste, die sie seinem Gesicht näherte, und fühlte, daß sein Schwanz fast schon aus der Hose ragte.

»Liebling, du bist zurück«, murmelte Sinatra. Alles war wunderbar. Er öffnete leicht seine Beine, damit ihre Lippen sein Geschlecht erreichten. Seine Frau liebte ihn. Nie wieder würde er sie verlieren.

Sinatra ließ sich gehen in dem Sessel. Er hielt sich an ihren struppigen Haaren fest und stieß ein heiseres Stöhnen aus. Und dann explodierte sein Schwanz in dem durstigen Mund von Rosita.

4

Um Mitternacht kehrte Sinatra in die Pension zurück. Seit zwei Stunden sollte er eigentlich auf seinem Posten sein, aber er hatte nicht sofort seine Arbeit aufnehmen wollen, nachdem er von Rosita weggegangen war. In einem nahegelegenen Kino hatte er etwas geschlafen. Er fühlte sich müde, schmutzig und betrogen. Nie wieder würde er jemanden um Hilfe bitten. Jetzt blieb ihm nur noch Natalia und vielleicht Señora Hortensia...

Als er die Tür öffnete, fand er Manolo an seinem Platz. Er aß ein Wurstbrötchen, und auf dem Tisch stand eine Flasche Wein.

»Scheiße, Sinatra! Du kommst ein bißchen spät, nicht?«

»Tut mir leid, Manolo. Ich hatte Probleme...«

»Was du hast, ist eine gute Portion Frechheit. Und wie du aussiehst!«

»Das geht nur mich was an.«

Manolo schnalzte mit der Zunge, trank einen Schluck Wein und sagte leise: »Hier war der Teufel los, Mensch.«

»Was ist denn passiert? War die Eidechse da?«

»Nein, verdammt, es war wegen dem Mädchen.«

Sinatra zog einen Stuhl heran und setzte sich zu Manolo an den Tisch. Wenn Natalia etwas zugestoßen wäre, könnte er es nicht ertragen.

»Jetzt red schon endlich«, drängte er Manolo.

»Tja, sie ist abgehauen.«

»Was?«

»Ja, Mensch. Sie hat dir einen Zettel hinterlassen. Hier.«

Manolo reichte ihm ein mit Bleistift beschriftetes Stückchen Papier. Sinatra riß es ihm aus der Hand und las beklommen: ANTONIO: DAS KIND IST GESTORBEN. ICH GEHE. – NATALIA.

Ein oder zwei Minuten lang saß Sinatra schweigend da mit dem Papier in der Hand. Manolo beobachtete ihn zweifelnd.

»Ich muß sie finden«, sagte Sinatra schließlich zu sich selbst.

»Ich würde mir nicht soviel daraus machen, Mensch. Du weißt doch, wie die Mädchen sind. Heute hier und morgen abgehauen... Immer mit der Ruhe; wenn sie Hunger hat oder einen Unterschlupf braucht, kommt sie schon wieder.«

»Hast du gesehen, wie sie wegging?«

Manolo schüttelte den Kopf.

»Dieses Mädchen ist krank«, fuhr Sinatra fort. »Jemand muß sich um sie kümmern. Sie kann nicht allein in der Gegend umherziehen.«

»Na, irgendwo wird sie ja wohl untergekommen sein.«

»Wir müssen was unternehmen, es der Polizei melden oder...«

»Aber verdammt noch mal«, unterbrach ihn Manolo, »wir wissen doch nicht mal, wie sie heißt.«

»Das macht nichts. Sie ist nicht schwer zu erkennen. Vielleicht läuft sie auf den Ramblas herum oder sitzt auf einer Bank an der Plaza Real. Wenn man das bloß wüßte!«

Manolo zuckte die Schultern, bohrte mit dem Zahnstocher, den er immer hinter dem Ohr trug, in seinen Zähnen und kratzte sich verwirrt unter der linken Achsel.

»Ich kann nichts machen, Sinatra. Was soll ich dazu sagen?«

»Sie kann nicht weit sein. Ich gehe sie am besten suchen.«

»Jetzt?«

»Ja, jetzt.«

»Und wer soll in der Pension bleiben?« fragte Manolo mißtrauisch.

»Du.«
»Leck mich am Arsch, Sinatra.«
»Schau, Manolo, ich mache dir einen Vorschlag: Wenn du hier sitzen bleibst, bringe ich dir die neueste Nummer des ›Playboy‹ mit. Einverstanden?«
Manolo zögerte ein paar Sekunden.
»Ich mag aber die LIB lieber.«
»Okay. Ich bringe beide mit.«
»Vergißt du das auch bestimmt nicht?«
»Bestimmt nicht.«
»Mann, ich bin so kaputt. Ich sitze hier schon den ganzen Tag lang.«
»Ich werde bestimmt nicht lange weg sein. Nur schnell mal sehen, ob sie hier irgendwo in der Nähe ist.«
»Kannst du mir Zigaretten mitbringen?«
»Klar, Mann. Adios«, sagte Sinatra und ging eilig davon, um Natalia zu suchen.
Sinatra ließ sich von den Lichtern der Lokale auf den Ramblas leiten und der Galerie von unbekannten Gesichtern, die an ihm vorbeizog wie ein leuchtender, gespenstischer Film. Seine Muskeln waren verkrampft und seine Nerven angespannt wie bei einem Sünder auf der Folterbank. Er ballte die Fäuste in den Taschen. Sein Hemd war unter den Achseln verschwitzt. Sein Blick war wirr und angstvoll. In seinem Mundwinkel hing eine Zigarette.
An jeder Ecke blieb er stehen und sah sich um. Hin und wieder trank er im Stehen ein schnelles Bier in irgendeinem Lokal und blickte auf die Straße. Er wußte, daß er sie nie wiedersehen würde, aber er wollte sie finden in dieser Nacht.
Sinatra besah sich alles ganz genau. Er betrachtete die Strichjungen, die auf der Bordsteinkante an der U-Bahn-

Station Liceo saßen und auf Freier warteten. Er betrachtete die Mädchen mit den lockigen Haaren, deren weiße Höschen durch die dünnen Kleider schimmerten. Er betrachtete die Zivilpolizisten, die mit offenen Jacketts, wenig überzeugenden Schnurrbärten und dunklen Brillen sicheren Schrittes daherkamen und nicht zu übersehen waren. Er betrachtete die resignierten Ehemänner, die neben ihren dicken, trägen Gattinnen in den Straßencafés Zitroneneis aßen. Er betrachtete die streitsüchtigen Betrunkenen mit den geröteten Augen, die den Vollmond beschimpften. Und Natalia war nicht da.

Schließlich setzte sich Sinatra auf eine Bank, zündete sich eine Zigarette an und versuchte, in Ruhe nachzudenken. Ein schmerzlicher Gedanke zog ihm durch den Sinn. Er wollte ihn verscheuchen, aber es war vergeblich. Sie würde Geld brauchen, und es gab nur eine leichte Art, welches zu beschaffen. Vielleicht war Natalia auf den Strich gegangen. Er sprang auf und ging die Ramblas hinunter. Jetzt war er fast sicher, daß er sie finden würde. Er stellte sich vor, wie sie in einem kurzen Röckchen an der Tür eines Hotels lehnte und die Männer ansprach. Es machte ihn verrückt. Er beschleunigte seine Schritte. Als er auf der Plaza del Teatro ankam, tauchten die ersten Nutten auf. Noch ein Stückchen weiter, und da waren sie alle.

Zwanzig oder dreißig Nutten standen auf dem Gehsteig und saßen auf den Autos, eine neben der anderen. Dann gab es noch die, die in den Lokalen hockten, die, die durch die nahen Gassen wanderten, und die, die in irgendeinem Zimmer gerade vögelten. Er mußte nur die ganze Truppe in Augenschein nehmen.

Sinatra blieb bei einer stehen. Es war ein kleines, ordinäres Mädchen, das schlecht ernährt aussah, ein gelangweiltes

Gesicht zur Schau trug und auf dem rechten Arm den Namen eines Mannes eintätowiert hatte.
»Kann ich dich mal was fragen?« sagte Sinatra schüchtern.
»Klar.«
»Es geht um ein Mädchen, das von zu Hause weggelaufen ist und...«
»Bist du vielleicht ein Bulle?« unterbrach sie ihn.
»Nein, ich schwör's dir. Sie ist sehr hübsch, aber sie schielt stark. Sie ist sechzehn und nennt sich Natalia. Vielleicht hast du sie hier in der Gegend gesehen.«
Das Mädchen machte eine verneinende Geste.
»Was weiß ich, Mensch. Es gibt so viele... aber ich glaube, ich habe keine gesehen, die schielt.«
Sinatra biß sich auf die Lippen.
»Okay. Danke dir. Ich werde weiter suchen.«
»Hör mal, warte doch mal.«
»Ja?«
»Willst du es nicht mal mit mir versuchen?«
»Jetzt kann ich nicht. Vielleicht ein anderes Mal.«
»Na, komm schon, Süßer. Es wird dir guttun«, drängte sie und nahm ihn am Arm.
»Tut mir leid, aber ich muß weiter«, antwortete Sinatra und setzte seine Suche fort.
Um drei Uhr morgens beschloß er, nach Hause zu gehen. Auf gewisse Weise war er zufrieden, daß er Natalia nicht gefunden hatte. Eine Stunde lang hatte er den Nutten zugeschaut, die im Hotel aus und ein gingen, wie einer der seltsamen Typen, die sich damit begnügen, dort herumzustehen, ohne etwas zu tun, und nur beobachten, wieviel Zeit die Mädchen brauchen, bis sie ihre Freier abgefertigt haben. Sinatra wollte eben die Straße überqueren und wandte ein letztes Mal den Kopf zurück. Da konnte er sehen, wie sie die Hoteltreppe herunterkam.

Sie trug ein schwarzes Kleid, das in der Taille von einem schmalen, goldenen Gürtel zusammengehalten wurde. Die Schuhe waren auch golden und hatten hohe Absätze. Sie sah etwas bleich aus und hatte ihr Haar nach hinten gekämmt. Ihre Augenlider waren grün geschminkt und die Lippen jodrot. Beinahe eine Femme fatale.
Sinatra wandte ihr den Rücken zu, blieb auf dem Gehsteig stehen und blickte auf einen Abwasserkanal. Vor seinen Augen drehte sich alles. Vor ein paar Sekunden nur hatte er die gesehen, die einmal seine Frau gewesen war oder immer noch war. Und plötzlich rannte Sinatra los.
Er konnte nicht anders. Das einzig Wichtige war, sich von diesem Ort zu entfernen. Ein unbekanntes Gefühl drängte ihn vorwärts. Es war nicht er, der rannte. Alle Menschen, die er geliebt hatte, brachten seine Füße zum Laufen. Wie ein Meteorit fegte er über die Ramblas. Er spürte weder Angst noch Müdigkeit. Er hatte aufgehört zu denken und sah die Leute nicht mehr an. Beinahe hätte er eine Zigarettenverkäuferin umgerannt. Vielleicht hatte er sie umgerannt. Hinter seinem Rücken waren Flüche zu hören. Eine anonyme Hand packte ihn am Hemd und versuchte ihn aufzuhalten. Ein Ärmel zerriß. Er konnte weiterlaufen. Einen Moment lang schien ihm, als hörte er eine Sirene. Als er die Ecke der Fernando-Straße erreichte, stoppte ihn der erbarmungslose Fesselgriff eines Polizisten.
Ein zweiter Polizist stieß dazu, und sie begannen ihn zu durchsuchen. Er war schweißgebadet. Sein Hemdsärmel hing in Fetzen. Er sah ganz so aus, als hätte er eben eine Handtasche gestohlen.
»Na, dann wollen wir doch mal sehen«, sagte einer der Polizisten. »Warum sind Sie denn so gerannt?«
»Ich habe nichts getan. Ich bin nur auf dem Heimweg.«

»Darf ich mal Ihre Papiere sehen?«
»Ja, Señor.«
Sinatra reichte ihm seinen Ausweis. Die Leute liefen zusammen und blieben stehen. Der Polizist warf einen kurzen Blick auf den Ausweis, gab ihn aber nicht zurück.
»Was machen Sie von Beruf?«
»Ich bin Nachtportier in einer Pension.«
»Dann sollten Sie um diese Zeit doch wohl bei der Arbeit sein.«
»Ja, aber ich bin kurz weggegangen.«
»Um wie ein Verrückter die Ramblas entlang zu rennen?«
»Ich habe ein Mädchen gesucht.«
Der Polizist schien damit nicht zufrieden zu sein. Er sah seinen Kollegen an und schüttelte den Kopf.
»Bitte begleiten Sie uns zum Streifenwagen«, sagte er schließlich.
»Wozu?«
»Um zu prüfen, ob Sie vorbestraft sind.«
»Nein, das versichere ich Ihnen.«
»Wir werden es gleich sehen. Kommen Sie bitte.«
Sie plazierten ihn auf den Rücksitz des Streifenwagens. Ein Polizist setzte sich neben ihn, der andere saß mit Sinatras Ausweis auf dem Vordersitz und begann, über Funk zu sprechen.
»C 4 ruft JX. Over.«
»Hier JX. Over.«
»Erbitte Information über Antonio Castro Fernandez. Over.«
»C 4, bitte wiederholen Sie. Over.«
Sie sprachen, als befänden sie sich im Krieg.
»Kann ich eine Zigarette rauchen?« fragte Sinatra.
»Warten Sie bitte.«

Fünf Minuten später rief JX: »Hier JX. Over.«
»Hier C 4. Was gibt's? Over.«
»Antonio Castro Fernandez, sauber.«
Sinatra atmete erleichtert auf. Der Polizist drehte sich zu ihm um und gab ihm den Ausweis.
»In Ordnung. Sie können gehen. Und wenn Sie rennen wollen, gehen Sie aufs Land.«
»Ja, Señores. Gute Nacht.«
»Gute Nacht.«
Er stieg aus dem Streifenwagen, ging ein paar Schritte und fragte sich, ob er in die Pension zurückgehen oder sich unter irgendeinen Torbogen legen und nie wieder aufstehen sollte. In diesem jämmerlichen Aufzug würde er nicht weit kommen. Manolo wartete auf ihn. Trotz allem hatte er nicht vergessen, daß er ihm die Zeitschriften versprochen hatte. Sinatra ging zu einem der Kioske und kaufte sie. Er dachte, daß er den schlimmsten Tag seines Lebens verbracht hatte, und was ihm bevorstand, schien nicht viel besser zu sein.
Manolo war eingeschlafen. Seine Arme lagen auf dem Tisch, und sein Kopf ruhte auf den Armen. Das Radio war eingeschaltet, und im Aschenbecher brannte eine Zigarette. Er wachte auf und sah Sinatra an, als hätte er ihn noch nie gesehen.
»... Sie ist abgehauen«, sagte er erstaunt.
»Was?«
»Ich weiß nicht... die Blonde.«
Er hatte von Frauen geträumt. Diese Art Träume hatte er zwei- bis dreimal in der Woche. Sinatra wußte es.
»Hier sind die Zeitschriften, Manolo. Wenn du willst, geh schlafen.«
Manolo rieb sich die Augen, gähnte, und erst dann sah er Sinatra richtig an.

»Was ist mit deinem Hemd passiert?« fragte er neugierig.
»Nichts. Der Ärmel ist zerrissen.«
»Du wirst doch keine Schlägerei angezettelt haben?«
Sinatra antwortete nicht. Er wollte allein sein.
»Und das Mädchen?« fragte Manolo weiter.
»Ich habe sie nicht gesehen. Geh doch ins Bett.«
»Na gut, Mann, wie du willst.«
Manolo erhob sich mühsam, gähnte, packte die Zeitschriften und ging auf sein Zimmer. Er würde die Nacht umgeben von schönen Frauen aus Papier verbringen.
»Bis morgen, Sinatra«, rief er aus dem dunklen Gang.
»Bis morgen.«
Sinatra zog das zerrissene Hemd aus und sah auf das Schlüsselbrett. Kein Gast mehr außer Haus. Er setzte sich an seinen Platz und spielte traurig mit ein paar Brotkrümeln, die auf dem Tisch lagen. Dann stand er auf, ging in die Küche, um den Blechaschenbecher zu leeren, und kam mit einem Teller voll Mangold zurück, den er im Kühlschrank gefunden hatte. Das Essen war kalt, und Sinatra hatte keine Lust, es aufzuwärmen. Er konnte nichts essen, sah das Telefon an und holte die Visitenkarte mit der Telefonnummer der Señora Hortensia aus seiner Hosentasche. Es war zwanzig nach vier Uhr. Er hob den Hörer ab, hielt ihn in der Hand und merkte, daß er kurz davor war, Selbstgespräche zu führen oder zu weinen.
Seine Frau würde jetzt wohl bereits auf dem Heimweg sein. Kurz entschlossen, in einem letzten Anlauf, wählte er die Nummer der Señora Hortensia, schloß die Augen und wartete. Bald darauf hörte er eine Frauenstimme: »Ja, bitte?«
Sinatra bekam keinen Ton heraus.
»Wer spricht da?« fragte sie.

Es entstand eine kurze Pause. Er mußte etwas sagen oder sofort auflegen.
»Antonio«, brachte er heraus.
»Ooh.«
»Entschuldigen Sie, wenn ich Sie geweckt habe.«
»Nein... es ist nur... um diese Zeit hätte ich nicht erwartet...«
»Es tut mir wirklich leid.«
»Keine Sorge. Ich war wach. Sie wissen ja, daß ich manche Nächte nicht schlafen kann«, sagte sie schon ein wenig sicherer.
»Ich mußte mit jemandem sprechen. Verstehen Sie? Deshalb habe ich Sie angerufen.«
»Schön, daß Sie an mich gedacht haben.«
»Ich habe einen schweren Tag gehabt, Señora Hortensia, und...«
»Sagen Sie einfach Hortensia zu mir«, unterbrach sie ihn.
Sinatra lächelte schwach. Allmählich fühlte er sich etwas besser. Ihre Stimme gefiel ihm.
»Einverstanden, Hortensia. Ich versichere Ihnen, daß es mir schon bessergeht, nur weil Sie den Hörer abgenommen haben.«
»Warum sollte ich denn nicht?«
»Ich weiß nicht... Es ist sehr spät.«
»Ich glaube, Sie fühlen sich nicht sehr selbstsicher.«
»Das stimmt.«
»Was ist geschehen, Antonio?«
»Das ist eine lange Geschichte. Ich würde gerne mit Ihnen persönlich sprechen.«
»Dann kommen Sie also am Sonntag?« fragte sie erfreut.
»Ja, selbstverständlich.«
»Kalbsbraten?«

»Was Sie wollen, Hortensia.«
»Ist es Ihnen um drei Uhr recht?«
»Sehr gut. Ich werde eine Flasche Wein mitbringen.«
»Ich trinke keinen Alkohol, Antonio. Aber wenn Sie möchten...«
»Nein, es ist mir egal. Wahrscheinlich ist Wasser manchmal besser.«
»Trinken Sie noch viel?«
»Ich kann nicht anders. Die Leute zwingen mich.«
»Man muß ein wenig Willenskraft haben, Antonio.«
»Es ist bestimmt nicht meine Schuld.«
»Darf ich Ihnen etwas sagen?«
»Natürlich.«
»Wissen Sie, so langsam werde ich etwas schläfrig.«
»Oh, entschuldigen Sie, ich...«
»Nein, bitte verstehen Sie mich nicht falsch. Ich glaube, mit Ihnen zu sprechen, hat mich ruhiger werden lassen, und jetzt werde ich wohl zwei oder drei Stunden schlafen können.«
»Ich verstehe Sie. Mir geht es ähnlich. Ich habe den ganzen Tag nichts essen können, und jetzt habe ich Hunger.«
»Haben Sie etwas zu essen in der Pension?«
»Mangold.«
»Sonst nichts?«
»Ich glaube nicht.«
»Schade, daß wir nicht näher beieinander wohnen, sonst könnte ich Ihnen etwas bringen.«
»Aber ich bitte Sie, Hortensia. Machen Sie sich keine Gedanken. Sie müssen die Schläfrigkeit ausnützen und zu Bett gehen. Ich werde Sie nicht länger aufhalten.«
»Ich möchte Ihnen noch einmal sagen, daß ich mich sehr über Ihren Anruf gefreut habe.«

»Gut, dann sehen wir uns also am Sonntag. Ich wünsche Ihnen eine angenehme Ruhe.«
»Danke, Antonio. Gute Nacht.«
»Gute Nacht, Hortensia«, sagte Sinatra, legte den Hörer auf und ging in die Küche, um sich das Essen aufzuwärmen.

5

Hallo Kumpel,

mal ganz klar vorneweg: Ich schreibe Dir, weil Du Deiner Visage nach ein ganzer Kerl bist, und ich täusche mich selten in Leuten. Außerdem wohnst Du in Barcelona, und das paßt mir sehr gut. Du wirst gleich mitkriegen, warum.

Typen gibt's vielleicht in dem Klub! Einer schlimmer als der andere. Die sehen alle aus, als hätten sie noch nie einen hochgekriegt. Und die Frauen, meine Güte, alle von der Sorte, mit denen nicht einmal der Dorftrottel anbändelt. Im zweiten Brief sprechen sie sicher schon von Hochzeit.

Ich will Dir sagen, warum ich dem Klub beigetreten bin: Vor einem Monat bin ich aus dem Knast gekommen. Ich habe fünf Jahre in Carabanchel verbracht. Meine Spezialität sind bewaffnete Überfälle. Na egal, aber eines weiß ich sicher: Dorthin gehe ich nie wieder. Eher puste ich mir die Rübe weg. Noch was: Wenn Dir meine Tour nicht paßt, kannst Du den Brief als Klopapier benutzen. O.K.?

Ich mach mal weiter: Im Moment bin ich am Arsch. Ich habe keine müde Mark und hocke den ganzen Tag in einem Loch, das mir ein Freund überlassen hat. Ich will abhauen aus Madrid und mich in Barcelona umsehen. Du weißt schon, ohne Kohle läuft nichts. Wenn ich auf die Straße gehe, sage ich, daß ich arbeitslos bin, und haue den erstbesten um Kleingeld an. Wenn ich Glück habe, reicht es für ein Bier in einer billigen Kneipe. Was für ein Scheißleben!

Als ich die Anzeige des Klubs gelesen hatte, konnte ich es kaum glauben. Die Leute sind kaputt, Mensch. Um jemanden aufzureißen, müssen sie einem Klub beitreten und Briefchen schreiben. Aber dann habe ich es mir noch mal genauer überlegt. Vielleicht würde ich einen duften Typen kennenlernen, der mir in Barcelona auf die Sprünge hilft, oder eine alleinstehende Lehrerin könnte sich in mich verknallen, und ich müßte in meinem ganzen Scheißleben keinen Schlag mehr tun.

Was mir am meisten stinkt, ist das Nichtstun. Es geht nicht darum, daß ich gerne zwölf Stunden am Tag arbeiten möchte, aber das einzige, was ich tue, ist auf dem Bett liegen, Celtas rauchen und mir das Hirn zermartern. Ich möchte mit jemandem reden, in ein chinesisches Restaurant gehen, paar Tage mit einer Blondine auf den Kanarischen Inseln verbringen, mir ein tolles Hemd kaufen können, mich in einer Disko vollaufen lassen, bißchen Kohle haben und mich nicht so beschissen fühlen.

Wahrscheinlich öde ich Dich allmählich an. Wenn Du Lust hast, schreib mir und erzähl mir was. Wenn nicht, leck mich am Arsch.

Juan Cuevas Heredia

Sinatra hatte eben den ersten der drei Briefe gelesen, die er an diesem Morgen bekommen hatte. Er war beim Friseur und wartete darauf, daß er an die Reihe käme. Vor ihm waren noch zwei Kunden. Er wußte nicht, ob er weiterlesen oder Schluß machen sollte mit dem Klub. Etwas Ruhe würde ihm guttun. Er sah sich in einem der alten Spiegel des

Friseursalons an, und das verzerrte Lächeln erschien wieder auf seinem Gesicht. Tief drinnen in seinem Kopf schlummerten die Gespenster von Natalia und seiner Frau. Am nächsten Tag würde ihn Señora Hortensia erwarten. Auf einem Tischchen lagen einige Zeitschriften, und er fing an zu blättern. Sinatra trat in Las Vegas auf. Er besah sich ein paar Minuten lang die Fotos, schaute sich wieder im Spiegel an, legte die Zeitschriften weg, holte den zweiten Brief aus seiner Jackentasche und las:

Sehr geehrter Herr Antonio Castro,

ich bin 1,02 Meter groß, wiege 34 Kilo und bin 22 Jahre alt, blond, mit blauen Augen. Mein Name ist Begonia Montana. Ich wollte den Brief mit dem Wichtigsten beginnen, da ich niemandem etwas vormachen möchte. Wie Sie sich sicherlich vorstellen können, ist mein Leben nie besonders angenehm verlaufen, aber ich habe ernsthaft versucht, mein Problem zu überwinden, und verstehe jetzt, daß es im Leben viel schönere Dinge gibt als die physische Erscheinung.

Ich lebe mit meiner Schwester in einem kleinen Dorf und verdiene meinen Lebensunterhalt mit Englischstunden. Im Dorf habe ich viele Freunde, auch wenn sie alle auf eine spezielle Weise mit mir umgehen. Ich verstehe sie, denn an ihrer Stelle würde ich vielleicht genauso handeln.

Ich bin noch nie mit einem Jungen gegangen und war auch noch nie verliebt. Immer habe ich sehr zurückgezogen gelebt, aber ganz allmählich komme ich dazu, mich so zu nehmen, wie ich bin, und keine Angst zu haben vor den Menschen. Was mir am meisten gefällt im Leben, ist, Gedichte zu schreiben, und zur Zeit versuche ich, ein

Buch fertigzustellen. Ich weiß, daß es nicht einfach sein wird, das Buch zu veröffentlichen, aber ich werde alles tun, was ich kann.
Ich gehe auch gerne ins Kino, besonders, wenn amerikanische Filme gezeigt werden, und Sie sollen wissen, daß ich Ihnen geschrieben habe, weil ich in Ihnen eine große Ähnlichkeit zu Sinatra sehe.
Dem Klub bin ich beigetreten, um Menschen kennenzulernen, Gedanken auszutauschen und neue Freunde zu finden.
Ich weiß nicht, ob Sie Gedichte mögen, aber ich schicke Ihnen hier eines von mir:

Nachts bin ich alleine,
träume von schlafenden Schwalben,
fernen Städten und blauen Glocken.
Die Sterne sehen mir gelassen zu,
und ich spreche mit ihnen,
erzähle ihnen von meinem Leben.
In meinen Adern gibt es keinen Schmerz mehr,
in meinem Blick kein Leid
und in meinen Worten keinen Zorn.
Ich weiß nicht, ob ich glücklich bin,
aber in diesem Augenblick
kann ich ein Lied singen, das meines ist,
und das genügt.

Wenn Sie meinen Brief beantworten, würde ich mich sehr freuen, Ihre Meinung über das Gedicht zu hören, und falls Sie Interesse haben an diesem Thema, können wir ausführlicher darüber reden.
Es gibt noch etwas, das ich Ihnen sagen möchte, aber erst,

wenn wir uns etwas näher kennen. Seit anderthalb Jahren bin ich Mitglied des Klubs und habe oft sehr anzügliche Briefe bekommen, vor allem von Männern, aber ich hoffe, daß mir mit Ihnen nicht das gleiche widerfährt. In Erwartung Ihrer Antwort grüße ich Sie herzlich

Begonia Montana

»Was ist los, Sinatra? Schlechte Nachrichten?«
Camacho, der Friseur, sah ihn durch seine dunkle Brille besorgt an. Er hatte seine Arbeit für einen Moment unterbrochen.
»Nein. Warum?«
»Du bist so blaß, Mann.«
»Ich habe wenig geschlafen.«
»Ich glaube, dir fehlt eine Frau, Sinatra.«
»Rede mir bitte nicht von Frauen.«
»Na komm, trink einen Schluck«, sagte der Friseur, ließ einen gelangweilten Kunden sitzen, holte eine Flasche Wein aus dem Schrank und bot sie Sinatra an.
Camacho war Alkoholiker. Auch während der Arbeit hörte er nicht auf zu trinken, aber dennoch verpaßte er seinen Kunden einen tadellosen Haarschnitt und rasierte sie mit sicherer Hand. Er hatte noch keinen enthauptet. Wenn er mit der Arbeit fertig war, ging er in eine nahe gelegene Weinstube, trank weiter und spielte Karten oder Domino. Camacho war groß, gebeugt und an die 50 Jahre alt. Er hatte ein Pferdegesicht und trug eine riesige Brille mit dunkelgrünen Gläsern. Seine Frau war vor ein paar Monaten gestorben, und er lebte allein mit einer Schildkröte. Sein Atem stank. Sinatra zögerte ein wenig und sagte dann:
»Okay. Gib mir einen Schluck.«
Camacho lächelte erfreut: »Du kannst sie austrinken. Ich habe noch mehr davon.«

Sinatra trank ausgiebig, zündete sich eine Ducados am Filter an, drückte sie aus, öffnete mit unsicherer Hand den dritten Brief und begann zu lesen:

Bruder Antonio,

das unendliche Mitgefühl und die überschwengliche Liebe, die ich für alle Lebewesen empfinde, hat mich dazu gebracht, diesem Klub beizutreten. Auch ich habe in der Finsternis der Einsamkeit gelebt, bis ich durch Gottes Güte die unendliche göttliche Gnade kennengelernt habe. Deshalb möchte ich euch alle auf den goldenen Weg der Wahrheit und der grenzenlosen Liebe führen, der uns zugänglich ist.
Seit Jahren spreche ich mit Jesus Christus und der Jungfrau Maria. Sie sind sehr betrübt über das Schicksal der Menschen, ihren Irrsinn, ihren Egoismus und ihre Grausamkeit. Ich kann Ihnen sagen, daß ich selbst, mit einem Taschentuch, das ich als Reliquie aufbewahre, der Jungfrau Maria die Tränen getrocknet habe, die sie an meiner Schulter vergossen hat. Und ich habe gesehen, wie Jesus Christus aus seinen Wunden blutete, mit traurigen Augen, aber ohne den heiligen Glauben zu verlieren an unser aller Bestimmung.
Ich habe auch viele Engel kennengelernt. Sie waren klein und rundlich, flogen unschuldig in meinem Zimmer umher und spielten auf ihren goldenen Lauten. Aber was mich am meisten bekümmert, Bruder Antonio, ist, daß die Jungfrau Maria gesagt hat, daß der Teufel in einen Menschen gefahren ist, den sie nicht kennt. Ich habe den Verdacht, daß er in diesem Klub ist.
Ich bin sicher, daß wir alle das Ewige Heil erringen werden, wenn wir den Teufel entdecken und ihn zur Strecke bringen.

Zweifellos werden Sie und die anderen Mitglieder des Klubs mir helfen, ihn zu finden. Ich bitte Sie, mir jeglichen Verdacht und jegliches Indiz sofort mitzuteilen. Die Jungfrau Maria darf nicht mehr weinen!
Zum Schluß möchte ich Ihnen noch sagen, Bruder Antonio, daß ich Sie von nun an in meine Gebete einschließe, damit das Heil sanft auf Sie herniederkomme. Gott segne Sie.

Bruder Blanco Sol

Camacho hatte eben dem letzten Kunden die Haare geschnitten und winkte Sinatra zu sich: »Du bist dran«, sagte er.
»Sie verfolgen mich, Camacho.«
»Was sagst du?«
»Ich kann nicht mehr. Ich werde verrückt.«
Camacho sah ihn schweigend an, rückte sich mit dem Ringfinger die Brille zurecht, blickte auf die Uhr, wandte den Kopf zur Straße und sagte: »Warte einen Moment. Es ist schon Ladenschlußzeit.«
Der Friseur drehte das kleine rote Schild um, das an der Tür hing, schloß ab und kam zurück zu Sinatra.
»Gut. Willst du nun einen Haarschnitt oder nicht?«
»Ich glaube schon.«
»Worauf wartest du dann?«
Sinatra stand auf, steckte den Brief in die Tasche und setzte sich in den einzigen Frisiersessel des Salons.
»Sieh mal, Sinatra, ich glaube, du mußt dich mal aussprechen, und wenn du willst, höre ich dir zu. Okay?«
Sinatra nickte. »Ich habe drei Briefe bekommen, Camacho. Einen von einem Gangster, den sie aus dem Gefängnis entlassen haben, einen von einer Liliputanerin, die Gedichte

schreibt, und den dritten von einem Idioten, der mit Jesus Christus spricht. Also echt, das ist zuviel für mich.«

Camachos Schere verharrte einen Augenblick lang reglos in der Luft und schnitt dann weiter Sinatras schütteres Haar.

»Machst du Witze?« fragte Camacho.

»Ich bin Mitglied eines Brieffreundschaftsklubs geworden.«

»Ich habe dir doch gesagt, du brauchst eine Frau, Sinatra.«

»Morgen muß ich bei einer Frau des Klubs essen.«

Camachos Gesicht verzog sich zu einem skeptischen Lächeln.

»Diese Sachen gehen doch nie gut.«

»Was soll ich denn machen?«

»Weiß ich nicht. Wahrscheinlich mußt du warten können.«

»Wartest du denn auf irgend etwas?«

»Jede Woche, seit den 30 Jahren, die ich in diesem verdammten Frisiersalon bin, kaufe ich ein Lotterielos. Das einzige, worauf ich jemals im Leben gewartet habe, ist der Hauptgewinn.«

»Denkst du nicht daran, wieder eine Frau zu finden?«

»Davon habe ich genug, glaube mir. Ich ziehe jetzt den Wein und die Schildkröten vor.«

Sie schwiegen, bis Camacho mit der Arbeit fertig war. Sinatra zahlte, trank einen letzten Schluck Wein mit dem Friseur und kehrte in die Pension zurück.

Als er die Tür öffnete, fand er die Eidechse, die alleine durch den Gang strich. Es handelte sich um einen kleinen Greis mit schwammigem Gesicht und kleinen, boshaften Schlangenaugen. Seine Glatze war mit kleinen, braunen Flecken gesprenkelt. Aus seinen Nasenlöchern sahen ein paar schwarze und weiße Haare hervor. Seine Lippen waren schmal und spröde wie ein in der Sonne getrockneter

Lederstreifen. Manchmal waren in seinen Mundwinkeln ein paar kleine Speicheltropfen zu sehen. Er hatte eine knollige Höckernase, die mit roten Äderchen durchzogen war, und trug ein schwarzes, kurzärmeliges Hemd, aus dem ein paar magere Arme, so dünn wie die Zweige eines Strauches, hervorschauten. Ein riesiger Gürtel würgte die Hose in der Taille, die nur etwa den Durchmesser eines Tellers hatte. Sein Hosenlatz stand offen.
»Ich habe auf Sie gewartet, Antonio«, sagte er zur Begrüßung. Seine Stimme schien aus dem tiefen Inneren einer ägyptischen Pyramide zu kommen.
»Wie geht es Ihnen, Señor Flores?«
Die Eidechse verzog die Lippen, was eine Art Lächeln sein sollte.
»Was glauben Sie wohl?«
»Sie sehen gut aus, Señor Flores.«
»Sie täuschen sich.«
»Das tut mir leid, Señor Flores.«
»Kommen Sie schon, lassen Sie uns einen Moment Platz nehmen. Ich muß mit Ihnen reden«, sagte die Eidechse und packte ihn mit ihrer knöchernen Klaue am Arm.
Sinatra fühlte eine unbestimmte Angst. Er setzte sich an den Tisch in der dunklen Rezeption und die Eidechse in den Sessel.
»Sind Sie zufrieden mit Ihrer Arbeit?« fragte die Eidechse ohne sonderliches Interesse.
»Selbstverständlich, Señor Flores.«
»Freut mich. Sie wissen ja, die Zeiten sind hart, und es ist nicht leicht, einen Job wie den Ihren zu finden.«
»Ja, Señor Flores.«
»Nun gut. Was ich Ihnen sagen wollte, ich bin ein älterer Mensch und...«

»Sie sehen aber wirklich noch sehr gut aus«, log Sinatra.
»Nehmen Sie mich bitte nicht auf den Arm, und lassen Sie das andauernde ›Señor Flores‹. Glauben Sie, ich weiß nicht, daß mich alle in der Pension ›die Eidechse‹ nennen?«
Sinatra schwieg.
»Ich wollte sagen«, fuhr die Eidechse fort, »in meinem Alter gibt es viele Dinge, die nicht mehr leicht zu bekommen sind. Zum Beispiel die Frauen. Verstehen Sie?«
Sinatra erschrak. Er wußte nicht, worauf die Eidechse hinauswollte.
»Andererseits habe ich nicht viele Freunde und hätte gerne, daß mich jemand begleitet, um nach Frauen Ausschau zu halten. In eine Diskothek oder irgendwohin, wo etwas los ist. Ich bin nie gerne allein ausgegangen, wissen Sie.«
»Und was kann ich für Sie tun?« fragte Sinatra mit dünner Stimme.
»Sie können mitkommen.«
Sinatra fand seine Befürchtungen bestätigt. Die Eidechse litt unter senilem Wahn.
»Ich muß arbeiten, Señor.«
»Das ist kein Problem. Manolo kann die Nacht über hierbleiben.«
»Und morgen habe ich eine wichtige Verabredung.«
»Schauen Sie, ich werde es deutlicher sagen: Wenn Sie mich heute nicht begleiten, können Sie morgen Ihre Sachen packen und verschwinden.«
Sinatra sah sich in die Enge getrieben. Er hatte keine Wahl.
»Einverstanden, Señor. Wie Sie wünschen«, sagte er nach einer kurzen Pause.
Die Eidechse schien zufrieden, holte ein Taschentuch aus seiner Hosentasche, schneuzte sich, steckte das Tuch wieder weg und versuchte ein Lächeln.

»Werden Sie mich in eine Diskothek führen?« fragte er hinterlistig.
»Wäre es nicht besser, wir gingen ins Kino?«
»Kommen Sie schon, Antonio. Wie sollen wir im Kino denn Frauen kennenlernen?«
Die Eidechse warf einen raschen Blick auf seine goldene Armbanduhr, erhob sich aus dem Sessel und sagte im Befehlston: »Ich erwarte Sie um 11 Uhr im Café de la Opera.«
»Ich werde dort sein, Señor«, antwortete Sinatra und brach auf dem Tisch zusammen.
Fünf Minuten vor 11 Uhr verließ Sinatra die Pension. Er hatte nicht die leiseste Ahnung, wohin er die Eidechse führen sollte und was er mit ihm unternehmen könnte. Seit Jahren war er in keiner Disko mehr gewesen, schon gar nicht mit einem 83jährigen alten Mann.
Die Eidechse trank einen Pfefferminzlikör mit Eis, und es schien nicht der erste zu sein. Zwischen seinen Lippen hing eine glimmende Zigarette, und er lächelte:
»Mensch, Antonio. Sie sind aber pünktlich.«
»Ich wollte Sie nicht warten lassen«, sagte Sinatra und setzte sich zu ihm.
»Möchten Sie etwas trinken, oder gehen wir in die Disko?«
»Es ist so... wissen Sie, Señor Flores, ich kenne keine Diskos und habe gedacht, vielleicht könnten wir zu einem Bingo gehen und...«
»Keine Bange, Antonio, das haben wir gleich.«
Die Eidechse wandte den Kopf und schnippte mit den Fingern, um den Kellner zu rufen.
»Señor?« fragte der Ober.
»Ich möchte dich mal was fragen.«
»Bitte?«

»Kennst du eine gute Disko?«
Der Ober schien verwirrt und sah Sinatra an.
»Es gibt doch sicher viele«, beharrte die Eidechse.
»Ja, also ich gehe zu einer in der Nähe der Plaza Real. Aber ich weiß nicht, ob Sie...«
»Okay. Wir werden sie schon finden. Was meinen Sie, Antonio?«
Sinatra versuchte zu lächeln und nickte resigniert.
Die Diskothek war ein großer, weißer Keller. Es gab eine lange Theke mit einem Dutzend Barhockern. Durch drei oder vier Bögen gelangte man auf die Tanzfläche. An der rechten Seite standen einige wenige Tische und an der linken ein kleines Podium für die Band. Scheinwerfer in Neonblau, Spezialrosa, Eisviolett und Feuergelb huschten wie blitzende Geschosse über die Tanzfläche. Die Lautsprecher spuckten einen wilden Rock'n'Roll aus. Alle tanzten oder bewegten sich. Einander gegenüber. Ohne sich zu berühren. Ohne sich anzusehen. Ohne zu lachen. Es gab welche, die den Kopf schüttelten, als wollten sie ihn loswerden und schafften es nicht. Andere vollführten riesige Sprünge und stießen seltsame Geräusche aus, um die Aufmerksamkeit auf sich zu lenken, und keiner beachtete sie. Dann waren da welche, die Frankenstein ähnelten und sich langsam und mechanisch bewegten, mit hervorquellenden Augen und steifen Armen, in mörderischer Haltung. Wieder andere bewegten sich erschöpft mit dem Rücken zu allen, die Nase eine Handbreit von der Wand entfernt, als wollten sie sie küssen oder sich den Kopf daran einrennen. Alle waren einsam.
Sinatra konnte die Eidechse zu einem der hinteren Tische schleppen.
»Wie fühlen Sie sich, Señor Flores?« fragte er furchtsam.

Die Eidechse sah aus wie eine kosmische Mumie, die soeben in einer unbekannten, irrealen Welt zum Leben erwachte.
»Bestellen Sie mir einen Pfefferminzlikör mit Eis, Antonio«, sagte er mühsam.
»Haben Sie nicht schon zuviel getrunken, Señor Flores?«
»Das macht nichts.«
Sinatra wollte einen Kellner rufen, da blieb sein Blick an einem Mädchen hängen, das mit einem Glas in der Hand an einer Säule lehnte. Er konnte ihr Gesicht nicht sehen, und es war ihm gleichgültig. Was zählte, waren die Haare.
Eine riesige Mähne goldener Haare. Ein Wasserfall von Locken, die fast grün waren, so blond waren sie. Sie bewegten sich auf dem Rücken des Mädchens wie magische Fangarme, voller Eigenleben, und verströmten einen süßen, geheimnisvollen Duft.
Die Eidechse hatte das Mädchen auch entdeckt. Seine Hand umklammerte Sinatras Unterarm.
»Schauen Sie, Antonio! Schauen Sie!«
Sinatra konnte nichts sagen. Ein heller Lichtstrahl teilte in Abständen das verzerrte Gesicht der Eidechse in zwei Teile. Der Duft jener Haarpracht wurde immer stärker.
»Das gibt es doch nicht«, murmelte Sinatra.
Da begann das Mädchen unbekümmert zu tanzen und fing an, die ungeheure Mähne zu bewegen. Es sah unwirklich aus. Ihr Haar war der Ursprung allen Lebens.
»Ich wußte, daß ich sie finden würde«, sagte die Eidechse zu sich selbst und erhob sich langsam aus dem Sessel.
»Was ist mit Ihnen, Señor Flores?« fragte Sinatra, aber die Eidechse hörte ihn nicht. Er wurde von den Haaren verschlungen.
»Wir sollten besser gehen«, sagte Sinatra beunruhigt. Die Eidechse hatte es geschafft, auf die Beine zu kommen. Einen

Augenblick lang verharrte er reglos, auf den Tisch gestützt, und dann ging er auf die Tanzfläche zu.
»Señor Flores!« schrie Sinatra.
Wie ein verzweifeltes Gespenst ging die Eidechse zu dem Mädchen, schloß die Augen, versenkte seine Hände in dem dichten Haar, verbarg sein Gesicht im Inneren der blonden Tarantel, öffnete den Mund, um den Duft des Lebens in sich aufzunehmen, und sank zu Boden. Tot.

6

Um 14 Uhr 10 nahm Sinatra den Zug in Richtung Mataro, um mit Señora Hortensia zu essen. Er setzte sich auf einen Fensterplatz und zündete eine Zigarette an. Seit der vergangenen Nacht war dies der erste ruhige Augenblick. Tiefe, dunkle Ringe lagen unter seinen Augen, und er konnte seine Gedanken nicht von der Eidechse losreißen. Irgendwie fühlte er sich schuldig. Er dachte daran, daß in der Pension alles beim alten bleiben würde. Sie würde in den Besitz der einzigen Schwester der Eidechse übergehen, die 62 Jahre alt und ledig war.

Der Zug fuhr an, und das immer näher rückende Bild von Señora Hortensia begann Sinatra zu beunruhigen.

Er hatte sich für das braune Hemd entschieden und die blaue Hose, die er aus der Reinigung geholt hatte. Beim Rasieren hatte er sich in die Wange geschnitten, und nun klebte ein kleines Stückchen Heftpflaster auf dem Schnitt. Manolo hatte ihm sein After-shave und sein Deodorant geliehen.

Die Müdigkeit übermannte Sinatra, und die Augen fielen ihm zu. Er hatte Angst, einzuschlafen und an einem unbekannten Bahnhof aufzuwachen, aber dennoch überließ er sich für ein paar Minuten dem Schlaf und hatte einen kurzen, aber intensiven Traum.

Er befand sich allein in der verlassenen Pension und sah, wie Juan Cuevas Heredia mit einer Pistole in der Hand durch das Fenster kam.

»Wir haben keine Zeit zu verlieren«, sagte er. »Wir müssen die Bar überfallen.«

»Das dürfen wir nicht tun. Bruder Blanco Sol wird böse werden«, entgegnete Sinatra.
»Macht nichts. Laß uns gehen.«
Sinatra sah ein kleines Lokal, das nur von einer Kerze beleuchtet wurde. Dunkle, unförmige Gestalten saßen an den Tischen. Leises Stöhnen und Seufzen war zu hören.
»Das ist ein Überfall!« brüllte Juan Cuevas Heredia. Niemand beachtete ihn.
Sinatra nahm eine rote Laterne und ging zur Theke. Seine Frau stand nackt dahinter und trocknete eine Tasse mit einem schwarzen Schlüpfer.
»Was möchtest du trinken?« fragte sie lächelnd.
Juan Cuevas Heredia legte die Pistole auf einen Barhocker und ging mit einer blonden Liliputanerin zur Toilette.
Sinatra bat seine Frau um ein Bier und suchte Natalia unter den Leuten, die an den Tischen saßen.
»Hier bin ich, Antonio!« rief Natalia. »Ich habe Bruder Blanco Sol geheiratet.«
»Und ich habe ihnen als Hochzeitsgeschenk ein Gedicht geschrieben«, sagte Begonia Montana.
»Trink doch, Sinatra«, forderte ihn seine Frau auf.
Juan Cuevas Heredia kam aus der Toilette, nahm die Pistole und schoß sich in den Bauch.
»Er ist durchgedreht«, sagte Sinatra zu Natalia.
»Er hat die Jungfrau Maria zum Weinen gebracht«, sagte Bruder Blanco Sol streng.
Rosita betrat die Bar und fing an Sinatras Schulter an zu weinen: »Ich kann nicht mehr singen, Antonio. Ich bin nicht mehr die gleiche.«
In diesem Augenblick erhob sich Juan Cuevas Heredia, bestellte eine Flasche und sagte zu allen: »Ich habe die Schnauze voll vom Totsein.«

Camacho, der Friseur, spielte an einer Ecke der Theke Karten mit seiner Schildkröte und trug ein seltsames Lächeln zur Schau.
Sinatra küßte Natalia auf die Augen.
»Ich liebe dich, meine Kleine«, flüsterte er ihr ins Ohr.
Die Eidechse steckte den Kopf unter einem der Tische hervor und schrie: »Ich habe es geschafft! Endlich habe ich es geschafft!« Aus seinem Mund hing eine goldene Locke.
Begonia Montana stieg auf einen Stuhl mit einem riesigen Briefumschlag in der Hand und rief Sinatra zu: »Komm her, Antonio! Hier ist mein neuester Brief. Ich werde nie aufhören, dir zu schreiben.«
Allmählich versanken alle in Schweigen, bis die Kerze verlöschte und man wieder die leisen Seufzer hörte.
»Wir gehen, wir gehen«, sagten alle und liefen an Sinatra vorbei, ohne ihn zu berühren.
»Bitte laßt mich nicht alleine!« schrie Sinatra in der Dunkelheit.
»Ist Ihnen nicht wohl, Señor?«
Sinatra schlug die Augen auf, und der Schaffner stand vor ihm.
»Nein . . . nein . . . ich glaube, ich habe geträumt«, antwortete Sinatra und versuchte zu lächeln.
»Darf ich mal Ihre Fahrkarte sehen?«
»Aber selbstverständlich. Sind wir schon in Mataro?« fragte er furchtsam.
»Das ist die nächste Station, Señor.«
Sinatra atmete erleichtert auf. »Vielen Dank«, sagte er und nahm die Fahrkarte wieder entgegen. Der Zug hielt am Bahnhof von Mataro. Sinatra stieg aus und blickte auf die Bahnsteiguhr. Es blieben ihm 5 Minuten, um im Bahnhofsrestaurant ein Bier zu trinken. Wieder hatte er Angst. Nun

handelte es sich nicht mehr um Briefe oder Telefongespräche. Señora Hortensia erwartete ihn bei sich zu Hause. Sie hatte für ihn gekocht. Das Essen war jetzt wohl schon fertig. Sinatra hatte keinen Hunger. Er würde nicht einmal ein Stück Brot hinunterbekommen. Sein Magen war so verschlossen wie ein Banktresor. Er brauchte etwas zu trinken.
Um 15 Uhr 20 hatte Sinatra drei Gin mit Eis getrunken und zwei Biere, und er saß immer noch im Bahnhofsrestaurant. Er hatte nun schon 20 Minuten Verspätung und mußte eine Entscheidung treffen. Entweder er nahm den Zug zurück nach Barcelona, oder er verließ so schnell wie möglich das Restaurant.
Kurz darauf drückte Sinatra mit zitternden Fingern auf den Klingelknopf des kleinen einstöckigen Hauses, das Señora Hortensia bewohnte. Sofort konnte er hören, wie sich die klappernden Absätze einer Frau der Tür näherten. Sinatra biß die Zähne zusammen und wartete.
»Antonio, endlich! Wie geht es Ihnen?«
Señora Hortensia García, verwitwete Conejero, erschien vor seinen Augen und hielt ihm die Hand hin.
»Danke, gut. Und Ihnen, Señora Hortensia?« sagte Sinatra und schüttelte ihr die Hand.
»Bitte kommen Sie doch herein«, sagte sie und lächelte.
Ein paar Augenblicke lang betrachteten sie sich gegenseitig. Sie sah einen nervösen Mann mit einem braunen, kurzärmeligen Hemd, blaue Hose, einem verzerrten Lächeln und gütigen Augen. Er schien ihr liebenswert und arglos. Sinatra sah eine Frau, die den Eindruck machte, als hätte sie ein Kochbuch geschrieben. Sie hatte die weichen Gesichtszüge eines Votivbildes und die sanften Augen einer Kuh. Sie war beim Friseur gewesen. Ihr Brüste waren sehr groß und in einen weißen Büstenhalter gepreßt, der durch die

rosa Seidenbluse schimmerte. Ihre Beine waren schlank, aber kurz im Verhältnis zu ihrem Körper. Es schien ihm, als sei er schon zwanzig Jahre mit ihr verheiratet.
»Es tut mir leid, daß ich zu spät komme«, entschuldigte er sich. »Mit den Zügen gibt es immer Probleme.«
»Aber das macht doch nichts, Antonio. Kommen Sie doch bitte weiter.«
»Danke.«
Sinatra fand sich in einem gemütlichen großen Zimmer. Ein stabiler Tisch, mit einer weißen, handgestickten Decke. Eine plüschbezogene Sofagarnitur gegenüber dem Farbfernsehgerät, das eingeschaltet war, aber ohne Ton lief. Ein schlichtes Stilleben an der Wand. Eine schlafende Katze auf einem beige Kissen. Eine Vitrine voller Tassen und verzierter Teller. Ein Porzellankrug auf einem kleinen Tischchen. Glänzende Gläser, grüne Mineralwasserflaschen, blinkendes Besteck und gefaltete Servietten. Es roch nach Möbelpolitur und Kalbsbraten. Alles war wunderbar.
In diesem Augenblick erklang die Stimme von Frank Sinatra vom Plattenspieler. Er sang »Let me try it again«.
»Ich habe die Platte für Sie gekauft, Antonio«, sagte Señora Hortensia schüchtern.
»Für mich?«
»Ich dachte, sie würde Ihnen gefallen ...«
»Ich weiß gar nicht, wie ich Ihnen danken soll, Hortensia ... Ich glaube, ich habe mich noch nie so wohl gefühlt.«
Sie senkte den Kopf und lächelte zufrieden. Sie schien zu wissen, was einem Mann behagt.
»Setzen Sie sich doch, Antonio. Das Essen ist fertig.«
»Sie sind sehr liebenswürdig.«
Señora Hortensia ging in die Küche und kehrte mit einer Salatschüssel zurück, die sie mitten auf den Tisch stellte.

Ein einfacher Salat. Nicht sehr viele Zutaten. Aber die Tomate war rot und frisch, die Salatblätter zart und mit Wasser besprengt. Die Zwiebel war fein geschnitten und die Oliven liebevoll verteilt.
Sie begannen zu essen. Señora Hortensia hielt das Besteck, als fürchtete sie, das Essen zu verletzen. Sie kaute mit geschlossenem Mund, trank kleine Schlucke Wasser und trocknete sich die Mundwinkel mit der Serviette. Hin und wieder schenkte sie ihm ein zurückhaltendes Lächeln. Sie redete wenig, und Sinatra fand langsam Gefallen an ihr.
Er dachte, daß er mehr reden sollte. Sie wartete ab.
»Ich bin sehr froh, daß ich gekommen bin, Hortensia«, sagte er schließlich.
»Und ich freue mich, daß Sie hier sind.«
»Ihr Haus ist sehr schön.«
Señora Hortensia entschloß sich, zum Angriff überzugehen.
»Was halten Sie von mir, Antonio?«
»Nun... ich...«
»Finden Sie, daß ich so bin, wie Sie es sich vorgestellt haben, oder bin ich... anders?«
Sinatra zögerte, trank einen Schluck Wasser und suchte nach einer Antwort.
»Ich hätte nicht gedacht, daß es so angenehm sein würde in Ihrer Gesellschaft.«
Sie lächelte wieder und senkte die Augen auf ihren Teller.
»Ich muß Ihnen etwas gestehen, Antonio.«
»Nur zu.«
»Wissen Sie, Sie sind nicht der erste.«
Sinatra erschrak. »Der erste? Wobei?«
»Der erste, der hier herkam. Es waren vor Ihnen schon zwei Mitglieder des Klubs da. Der letzte im vergangenen Monat.«

»Ich verstehe.«
»Aber ich habe mich nicht mit ihnen angefreundet. Es waren keine aufrechten Menschen. Sie waren dem Klub nur beigetreten, um Frauen kennenzulernen, die sie ausnützen können. Beide wollten dasselbe, am ersten Tag.«
»Hortensia, ich versichere Ihnen, daß ich...«
»Sie müssen nichts sagen, Antonio. Sie sind anders.«
»Ich habe mit den Klubmitgliedern auch nicht viel Glück gehabt. Außer mit Ihnen natürlich.«
»Es scheint, als könnten sich die Menschen untereinander nicht helfen, sondern nur verletzen, manchmal vielleicht, ohne es zu wollen«, sagte Señora Hortensia mit Pathos in der Stimme.
»Ganz meine Meinung.«
»Warum erzählen Sie so wenig von sich, Antonio?«
»Ich wüßte nicht, wo ich anfangen sollte.«
»Oh, entschuldigen Sie«, unterbrach sie. »Sie sind fertig mit dem Salat. Ich werde sofort den Braten bringen.«
Sinatra lächelte erfreut.
»Danke vielmals, Hortensia.«
»Bin sofort wieder bei Ihnen.«
Sinatra blieb allein am Tisch zurück und fragte sich, ob ihm Señora Hortensia wirklich gefiel. Ob er mit ihr schlafen könnte. Ob er sie zur Freundin haben wollte.
Vielleicht waren es nur die Ruhe, die diese Wohnung ausstrahlte, die anmutige Pflanze, die in einer Ecke des Wohnzimmers in einem Tontopf wuchs, und die Samstagabende, die er hier verbringen konnte, während er neben ihr saß und einen Film in Farbe ansah. Er war sich absolut nicht sicher.
Señora Hortensia kam mit dem Kalbsbraten. Er sah noch besser aus als der Salat. Sinatra hatte wieder Appetit.

»Bitte bedienen Sie sich, Antonio. Ich hoffe, es schmeckt Ihnen.«
»Ganz bestimmt. Es ist lange her, daß eine Frau für mich gekocht hat.«
»Sie sind sehr einsam, nicht wahr?«
»Wie fast alle Menschen.«
Sie ordnete ihre Haare.
»Haben Sie nie daran gedacht, wieder zu heiraten?«
»Und Sie, Hortensia?«
»Ich schon. Oft«, sagte sie mit Bestimmtheit.
Einige Minuten lang aßen sie schweigend. Sinatra schien es, als stünde der Ausschnitt ihrer Bluse etwas weiter offen.
»Schauen Sie, Antonio«, sagte Señora Hortensia. »Ich glaube, es wäre besser, wenn wir offen zueinander sind. Ich weiß schon, wir sehen uns zum ersten Mal, aber ich muß von mir erzählen und vor allem von meinem Sohn. Und Sie haben sicherlich auch viel zu sagen. Warum reden wir nicht ehrlich miteinander?«
Sinatras Gabel mit einem aufgespießten Stück Fleisch hielt wenige Zentimeter von seinem Mund entfernt inne und senkte sich dann langsam auf den Teller.
»Sie haben recht, Hortensia«, stimmte er ihr zu. »Aber wissen Sie, es fällt mir so schwer...«
»Versuchen Sie es.«
Sinatra dachte an die Eidechse. An seine Frau, wie sie die Hoteltreppe herunterstieg. An den kleinen Zettel, den ihm Natalia hinterlassen hatte, an den Traum im Zug...
»Es tut mir leid, ich kann nicht.«
»Es würde Ihnen guttun, Antonio.«
Sinatra sah ihr in die Augen und machte eine hilflose Geste. Sie schenkte ihm ein verständnisvolles Lächeln.
»Machen Sie sich keine Gedanken. Wenn Sie reden können, werden Sie es schon tun.«

»Das verspreche ich Ihnen.«

»Ich bin sehr besorgt wegen meines Sohnes...«

Señora Hortensias Worte wurden unterbrochen von dem Knacken eines Schlüssels, der im Schloß umgedreht wurde.

»O mein Gott! Nein!« murmelte sie.

Die Haustür wurde zugeschlagen, und sie zuckte zusammen.

»Antonio, bitte...«

»Was ist denn?« fragte Sinatra beunruhigt.

Etwas, das aussah wie ein mörderischer Igel, platzte wie ein Flammenwerfer in die Ruhe des Wohnzimmers.

Es war ein Halbwüchsiger, dessen Kopf kahlgeschoren war, bis auf einen Streifen roter, abstehender Haare, hart wie Stacheln, der seinen Schädel in zwei Hälften teilte. Er steckte in einer Lederweste und in einer engen, schwarzen Lederhose. Sein Blick war der eines Psychopathen, und er machte den Eindruck, als sei er vollgestopft mit Amphetaminen. Um seine Taille war eine dicke Eisenkette geschlungen.

»Rafael, mein Sohn«, sagte Señora Hortensia mit kaum hörbarer Stimme.

»Wer ist denn dieser beschissene Arsch?« kreischte der Igel.

Señora Hortensia schlug die Hände vors Gesicht und fing an zu weinen. Der Igel nahm seine Kette ab.

»*Wer ist dieser beschissene Arsch?*« brüllte er.

Sinatra machte sich fast in die Hosen.

»Ich habe dich was gefragt, du Nutte«, beharrte der Igel und zerschmetterte mit einem Schlag seiner Kette eine Lampe.

»Das ist ein Freund von mir... Ich habe ihn zum Essen eingeladen... Wir haben uns unterhalten«, antwortete sie.

»Es ist wohl besser, wenn ich gehe, Hortensia«, sagte Sinatra und versuchte aufzustehen.

»Rühr dich nicht vom Fleck, du Gespenst!« befahl der Igel. Die Kette lag zusammengerollt in seiner linken Hand, eine Handbreit von Sinatras Gesicht entfernt.
»Rafael, ich bitte dich, laß uns in Frieden«, flehte sie.
»Ich brauche Kohle. Auf der Stelle«, forderte der Igel.
»Ich habe kein Geld, mein Junge. Ich schwöre es dir. Morgen gebe ich dir alles, was du willst.«
Der Igel wandte sich an Sinatra. In seiner Rechten hielt er ein Messer.
»Rafael! Bitte!« schrie Señora Hortensia am Rande eines Nervenzusammenbruchs.
»Na los, du Knilch. Rück die Kohle raus, oder ich schneide dir die Eier ab.«
»Ich habe nur 500 Peseten und die Zugfahrkarte«, sagte Sinatra in wilder Panik.
Der Igel durchsuchte ihn, packte die Geldscheine und setzte Sinatra das Messer an den Nacken.
»Und jetzt verschwinde, du Scheißer.«
Sinatra erhob sich mühsam aus dem Sessel und ging zur Tür.
»Auf Wiedersehen, Señora Hortensia«, verabschiedete er sich tölpelhaft.
Der Igel lief hinter ihm, ohne das Messer wegzunehmen.
»Wenn ich dich noch mal sehe, schlitze ich dich auf«, sagte er, öffnete die Tür und beförderte Sinatra mit einem gewaltigen Fußtritt auf die Straße.

7

64. sechs, vier... 38. drei, acht... 5. fünf... 19. eins, neun... 22. zwei, zwei... 50. fünf, null... 71. sieben, eins... Eine Dunkle, mit langen, sargschwarzen Haaren, engem rotem Kleid, einem Gesicht wie das einer Schauspielerin aus einem Pornofilm in Super 8 und Beinen wie aus einem Bordell von Konstantinopel, sagte die Zahlen des Bingo an.

14. eins, vier... 3. drei... 75. sieben, fünf...

In letzter Zeit flüchtete sich Sinatra gewöhnlich zum Bingo. Er hielt den Kugelschreiber in der Hand, blickte auf seine Karte und wartete darauf, daß sich das Glück wandte. Er trank ein Bier oder zwei, versuchte zu vergessen und ließ die Zeit verstreichen. Kurz vor 10 Uhr abends ging er wieder zur Arbeit in die Pension. Er war mit keinem Klubmitglied mehr in Kontakt gekommen.

»Linie!« schrie jemand von einem der benachbarten Tische.

»Linie wurde angesagt«, sagte die eindrucksvolle Dunkle.

Sinatra betrachtete sie wieder und biß sich auf die Unterlippe. Die Notwendigkeit, eine Frau zu besitzen, war unerträglich geworden. Das Mädchen vom Bingo verwirrte ihn. Er wußte nicht, was er tun sollte.

Wieder versuchte er, sich auf seine Karte zu konzentrieren. Er hatte nur einige Zahlen getroffen, und die Dunkle mit den sargschwarzen Haaren stand immer noch vor seiner Nase.

Sinatra bekam eine Erektion. Sein Schwanz spielte verrückt. Er hatte das Gefühl, als ob das Mädchen vom Bingo

jede Zahl so ansagte, als wäre es die Zimmernummer des Hotels, in dem sie ihn erwartete.
Eine seltsame Frau kam zu seinem Tisch. Sie trug einen alten Regenmantel und Plastiksandalen. Ihr Haar war grau und schmutzig, auf ihrer Wange prangte eine Warze, und auf ihrer Nase eine ungewöhnliche, nach oben geschwungene Brille. Sie sah heruntergekommen aus. An der Hand führte sie einen Schwachsinnigen.
»Entschuldigen Sie«, sagte die Frau.
»Ja, bitte?«
»Wie stehen die Dinge?«
»Schlecht.«
»Haben Sie kein Glück?«
»Nein.«
»Wenn Sie wollen, lasse ich ihn für 100 Peseten bei Ihnen.«
Sinatra sah sie überrascht an.
»Was wollen Sie für 100 Peseten bei mir lassen?«
Die Frau zeigte auf den Schwachsinnigen. Er lächelte.
»Meinen Bruder.«
»Was soll ich mit ihm?«
»Er bringt Glück«, flüsterte sie dicht an Sinatras Ohr. »Wenn er sich neben Sie setzt, gewinnen Sie.«
»Heißt das, Sie vermieten ihn?«
»Genau. 100 Peseten, die halbe Stunde.«
»Aber hören Sie mal...«
»Nur 100 Peseten«, beharrt sie.
Sinatra zuckte die Schultern und lächelte. Eine Zerstreuung kam ihm gelegen, und er hatte nicht viel zu verlieren. Er holte das Geld aus der Hosentasche und gab es der Frau.
»Vielen Dank, Señor. Sie werden sehen, daß er Ihnen zum Gewinn verhilft. Vor allem, wenn Sie ihn zu einer Limonade einladen. Die trinkt er am liebsten.«

Sinatra sah den Schwachsinnigen an, der sich darauf beschränkte zu lächeln. Er hatte einen großen Drachenkopf, gelbe Augen wie Spiegeleier und dicke, dunkle Lippen. Sein Körper war schwächlich und schlaff. Ununterbrochen knabberte er Sonnenblumenkerne. Er schien harmlos zu sein.
»Setz dich«, sagte Sinatra.
Der Schwachsinnige setzte sich. Sinatra kaufte eine neue Karte, rief den Ober, bestellte eine Limonade und vergaß den Schwachsinnigen.
Ein paar Minuten später fing das Mädchen vom Bingo wieder mit den Zahlen an.
24. zwei, vier... 1. eins... 37. drei, sieben... 6. sechs. Als die Linie angesagt wurde, hatte Sinatra nicht eine einzige Zahl getroffen. In diesem Moment kam der Ober mit der Limonade, und der Schwachsinnige trank hastig. Sinatra traf sieben Zahlen hintereinander.
2. zwei... 59. fünf, neun... 23. zwei, drei...
Sinatra war schweißgebadet. Er konnte es nicht glauben. Ihm fehlte nur noch die 45. Das Mädchen sagte weiter die Zahlen an. Die Leute warteten schweigend. Der Schwachsinnige hatte seine Limonade noch nicht ausgetrunken.
»Trink, verdammt noch mal! Trink!« rief Sinatra aufgeregt. Der Schwachsinnige sah ihn mit seinem gleichbleibenden Lächeln an, nahm das Glas und trank. Eine Sekunde später sagte das Mädchen vom Bingo: »45... vier, fünf!« Und Sinatra gewann 72 500 Peseten.
Als sie ihm das Geld ausbezahlten, ging er zur Theke und bestellte einen doppelten Whisky. Seine Beine zitterten. Er konnte es nicht fassen.
Eigentlich hatte er gar keinen Drink nötig. Er war völlig betrunken vom Geld. Nie im Leben hatte er so viele Scheine in der Tasche gehabt. Er streichelte sie und überlegte, was er mit ihnen anfangen würde. Ihm war nach Singen zumute.

Sinatra stellte sich mit dem Rücken zur Theke, stützte die Ellenbogen auf, neigte den Kopf leicht zur Seite und sah sich mit gleichgültiger Miene und dem Whiskyglas in der Hand um. Er beschloß, diese Nacht nicht arbeiten zu gehen.
»Ich habe die Nase voll«, sagte da jemand an seiner Seite. Die Dunkle mit den sargschwarzen Haaren stand neben ihm. Sie hatte mit sich selbst gesprochen, aber laut genug, daß Sinatra sie hören konnte. Sie holte eine Zigarette aus ihrer Handtasche und suchte zu lange nach dem Feuerzeug. Immer das gleiche. Sinatra gab ihr Feuer.
»Danke«, sagte sie und versuchte reserviert zu erscheinen.
»Möchtest du was trinken?« fragte Sinatra.
Sie lächelte: »Ich weiß nicht... irgendwas.«
»Ich habe gerade im Bingo gewonnen, weißt du.«
»Ja, ich habe es gesehen.«
Ein anderes Mädchen begann die Zahlen anzusagen.
»Bist du jetzt fertig mit deiner Arbeit?«
Die Dunkle machte eine Geste des Abscheus: »Für heute bin ich fertig, aber morgen ist es wieder derselbe Mist. Es ist einfach zuviel. Man hat den ganzen Tag den Kopf voller Zahlen.«
»Kann ich mir vorstellen.«
»Und du? Was machst du?«
»Ich bin Sänger«, antwortete Sinatra, ohne zu zögern, und leerte den Rest des Whiskys.
»Muß interessant sein. Wie heißt du?«
»Antonio. Und du?«
»Isabel.«
Sinatra fragte sich, ob er sie zum Abendessen einladen sollte. Das Geld gab ihm eine erstaunliche Sicherheit. Er hatte den Verdacht, daß die Frauen es liebten, und er war entschlossen, es auszugeben.

»Hör mal, Isabel.«
»Was denn?«
»Hast du heute abend schon was vor?«
Sie versuchte überrascht zu wirken: »Heute abend?... Nein...«
»Wenn du Lust hast, lade ich dich zum Essen ein«, sagte Sinatra und bestellte noch einen Whisky.
Isabel fuhr sich langsam mit der Zunge über ihre wahnsinnig aufregenden Lippen, strich sich mit einer unendlich femininen Geste eine schwarze Locke aus der Stirn, schlug die Augen nieder, stieß den Rauch ihrer Winston aus und sagte schließlich:
»Ich würde gerne mit dir eine Flasche Sekt trinken gehen.«
»Sekt?«
»Ich kenne ein ruhiges Lokal, wo wir es uns gemütlich machen können.«
»Einverstanden«, nickte Sinatra. »Ich trinke aus, und dann gehen wir.«
Isabel führte ihn in eine Bar in der Oberstadt, wo es weibliche Bedienung gab. Die Bar war nicht übel, ruhig, nicht zu groß, mit einer eleganten Theke, roten Lampen, beige Tapeten und sanfter Musik.
Zwei Blondinen waren da. Eine hinter der Theke, hübsch, aber schon in reiferem Alter, die sich mit einem Kunden unterhielt, und eine junge, die auf einem Barhocker saß und viel Bein zeigte, für niemanden. Die beiden begrüßten Isabel. Sie kannten sich. Es war fast, als würde Isabel auch da arbeiten.
Sinatra erinnerte sich an das Lokal, in dem er seine Frau kennengelernt hatte, aber der Gedanke beschäftigte ihn nicht sonderlich, und er bestellte eine Flasche Sekt.
Isabel nahm ihn am Arm: »Möchtest du sie hier trinken oder gehen wir ins Separée?«

»Gibt es Separées?« fragte Sinatra.
Das war eine angenehme Überraschung.
»Na klar«, sagte Isabel.
»Dann gehen wir ins Separée.«
Im rückwärtigen Teil der Bar führten drei oder vier Stufen in einen kleinen, sehr dunklen Raum. Sie setzten sich nebeneinander. Es war sehr bequem. Die Sessel schienen aus Leder zu sein. Die Blonde vom Barhocker tauchte mit einer Sektflasche in einem mit Eis gefüllten Kübel auf.
Sinatra lächelte fortwährend. Dies alles gefiel ihm. Sie würden ihm den letzten Pfennig aus der Tasche ziehen, aber es war ihm egal. Isabel war wunderbar. Nie war er mit solch einer Frau zusammengewesen. Er stellte sich vor, wie es wäre, an ihrer Seite aufzuwachen. Die Augen aufzuschlagen und sie neben sich zu finden, nackt, schön, warm und bereit zum Vögeln.
Das erste Glas tranken sie schweigend. Isabel hatte die Beine übereinandergeschlagen. Sie war verteufelt hübsch. Sinatra begann zu fummeln.
»Du lebst alleine, nicht wahr?« fragte sie.
»Ja. Woher weißt du das?«
»Das ist deutlich zu merken.«
Sinatra küßte sie auf den Mund. Sie erwiderte den Kuß, zwar nicht sonderlich interessiert, aber doch genug, um ihm kein schlechtes Gefühl zu geben.
»Würdest du gerne die Nacht mit mir verbringen?« fragte sie.
»Was wird mich das kosten?«
»20. Für die ganze Nacht.«
»Meine Güte, Mädchen...«
»Du wirst es nicht bereuen.«
»Ich verstehe nicht, warum du beim Bingo arbeitest.«

»Ich möchte das nicht jede Nacht, weißt du. Vielleicht ein- oder zweimal im Monat. Wenn ich es öfter täte, könnte ich es nicht ertragen.«

»Gefalle ich dir denn?«

Isabel zauste ihm die Haare wie einem Kind.

»Sag mir die Wahrheit. Gefalle ich dir?« beharrte Sinatra.

Isabel trank einen Schluck Sekt, zündete eine Zigarette an und sah ihn belustigt an.

»Ein wenig«, antwortete sie.

Sinatra öffnete ihr Kleid, packte eine Brust und fing an daran zu saugen. Es war herrlich. Dieses Ding ganz in seinem Mund. Isabel hatte ihre Hand auf seinen Nacken gelegt und ließ ihn gewähren. Er wechselte über zur anderen Brust und konnte nicht sagen, welche von beiden er lieber mochte.

»Paß auf, Antonio«, sagte sie heiter.

Sinatra war verrückt geworden und kurz davor abzuspritzen.

Isabel merkte es, öffnete seinen Hosenschlitz und begann ihn zu masturbieren.

»Soll ich weitermachen?« fragte sie.

»Ja, Mädchen. Bitte tu's...«

Als alles vorbei war, ging Isabel zum Händewaschen in die Toilette, und Sinatra trank noch ein Glas Sekt. Er würde mit ihr ins Bett gehen und ihr soviel Geld geben, wie sie wollte. Er würde jeden Tag beim Bingo gewinnen. Isabel kam von der Toilette zurück, setzte sich wieder neben Sinatra und küßte ihn auf die Wange.

»Wie fühlst du dich?« fragte sie.

»So gut wie noch nie.«

»Bestellen wir noch eine Flasche Sekt?«

»So viele, wie du willst.«

Isabel stand auf und ging zur Theke, um den Sekt zu bestellen. Sinatra streckte sich lang aus in dem bequemen Sessel, verschränkte die Arme im Nacken und ließ seinen Kopf darauf ruhen. Er zog die Schuhe aus und pfiff vor sich hin. Zum erstenmal war er der König.
»Schau an, wie gut sich's der Kerl gehen läßt«, sagte Isabel, als sie ihn so sah.
»Komm her, Mädchen«, sagte Sinatra und richtete sich ein wenig auf. »Setz dich auf meinen Schoß.«
Sie gehorchte und plazierte ihr kleines Hinterteil auf Sinatras Beine.
»Verbringen wir die Nacht gemeinsam, mein Schatz?«
Sinatra lächelte. Es gefiel ihm, so genannt zu werden. Wahrscheinlich würde der Tarif steigen.
»Was meinst du denn?«
»Ich glaube schon.«
»Ich auch.«
Sie waren bei der zweiten Flasche Sekt. Sinatra hatte ihr viel erzählt. Zuhören konnte sie auch. Sinatra zahlte er blonden Bedienung 15 000 Peseten für die beiden Sektflaschen und 5000 an Isabel für die Nummer im Separée. Sie gingen auf die Straße und nahmen ein Taxi.
Das Hotel war ein siebenstöckiges Gebäude, modern und prunkvoll, mit einer riesengroßen Leuchtreklame. Am Eingang gab es einen Hotelboy, der gekleidet war wie ein General der österreich-ungarischen Monarchie und gelangweilt den Gehsteig auf und ab wanderte. Es hatte nicht viel Sinn, daß er da war, da sich die Eingangstür automatisch öffnete, sobald man den Läufer betrat.
In der Empfangshalle gab es eine Klimaanlage und rechts vom Eingang einen Salon mit einer kleinen Bar. Der Teppichboden war rosa mit kleinen schwarzen Mustern, und die Aufzüge hatten blitzende Stahltüren.

Der Hotelangestellte, der sie begrüßte, war blond, sympathisch, jovial, elegant und tüchtig. Er war für diesen Beruf geboren. Auf den ersten Blick wußte er, daß Sinatra beim Bingo gewonnen hatte oder etwas Ähnliches, aber er ließ es sich nicht anmerken.

»Ich möchte gerne ein Doppelzimmer«, sagte Sinatra.

»Bitte sehr, Señor.« Der Angestellte drehte sich um und nahm einen Schlüssel: »Hier bitte, Señor.«

Sinatra holte das Geldbündel heraus. »Was macht das?«

»13 000 Peseten, Señor.«

»O. K.« Sinatra zahlte.

»Danke sehr, Señor. Gute Nacht.«

»Gute Nacht.«

Ein anderer Angestellter mit einer schlichten Uniform begleitete sie zum Aufzug. Dafür bestand keine Notwendigkeit. Es handelte sich nur um zwei Meter. Er öffnete ihnen die Tür. Sinatra gab ihm 500 Peseten.

Sie fuhren in den 5. Stock und gingen eng umschlungen den Gang entlang. Isabel lehnte ihren Kopf an seine Schulter. Wie im Kino.

Es war das Zimmer eines 5-Sterne-Hotels mit einem kleinen Fernsehgerät, einem niedrigen Bett, auf dem eine sandfarbene Decke lag, zwei bequemen Sesseln, einem strahlend weißen Kühlschrank, einer großen Glastür, die auf einen Balkon führte, und einem rosa gekachelten Badezimmer.

Sinatra ließ einen Moment ab von Isabel und schaute in den Kühlschrank. Er war angefüllt mit kleinen Sektflaschen, Bierdosen, Säften und Mineralwasser. Isabel öffnete die Balkontür und trat hinaus. Sinatra folgte ihr. Die Stadt lag zu ihren Füßen.

»Wollen wir etwas trinken, Antonio?«

»Ich bin schon betrunken, aber von mir aus gerne.«
»Was möchtest du?«
»Irgendwas.«
Sinatra zündete eine Zigarette an und sah sich allein und reglos die elektrische Nacht von Barcelona an.
Er lauschte dem Motorengeräusch der Autos, badete seine Augen in der Leuchtreklame des Hotels und hüllte sich in den milchigen Nebel, der sich auf die Ampeln und den Asphalt senkte. Es schien ihm, als verschwände eine Sternschnuppe hinter den weit entfernten Gebäuden, und er verliebte sich für immer in diesen Augenblick seines Lebens.
Isabel trat von hinten zu ihm und drängte ihren Busen an seinen Rücken.
»Willst du die ganze Nacht hier stehenbleiben?«
Sinatra drehte sich um und sah ihr in die Augen. Sie waren wie zwei schwarze Diamanten in einem silbernen See.
»Soll ich dich jetzt bezahlen?« fragte er.
»Ich glaube, ich werde von dir kein Geld nehmen.«
Sanft nahm sie seine Hand und führte ihn ins Zimmer. Sie löschte das Licht und zündete eine kleine, blaue Lampe an. Sinatra setzte sich auf das Bett, und Isabel begann, sich zu entkleiden.
Da bemerkte Sinatra, daß sie sich nicht wie eine Nutte auszog. Sie legte ihre Kleider ab wie eine Frau, die mit ihrem Mann ins Bett geht.
»Ich lasse mich nie wieder verarschen«, schwor sich Sinatra, während er die Schuhe auszog. »Nie wieder lasse ich mich verarschen.« Und er erlebte die wildeste Vögelei seines Lebens.

8

Sinatra setzte sich auf den Brunnenrand an der Plaza Real und zündete sich eine Zigarette an. Es war sieben Uhr morgens. Vor zehn Minuten hatte er Isabel verlassen. In seiner Hemdtasche steckte ihre Telefonnummer. Er fühlte sich zufrieden und war nicht müde.

Sein Blick schweifte über die Straßenlaternen und die hohen Palmen auf dem verlassenen Platz, bis ein schlankes, blondes Mädchen seine Aufmerksamkeit erregte. Ihr Gesicht war hinter einer riesigen dunklen Brille versteckt. Sie setzte sich zu ihm und hielt ihre Füße ins Wasser des Brunnens.

Sie trug eine fadenscheinige geblümte Bluse, deren Ausschnitt eine ihrer kleinen Brüste sehen ließ, und eine ehemals weiße Hose, die ihr zu groß war. Ihre Haare schienen von einem Wahnsinnigen geschnitten worden zu sein. Sie führte Selbstgespräche.

Unvermittelt nahm sie die Brille ab. Es war Natalia. Wieder würde er Probleme bekommen.

»Antonio...«, murmelte sie.

Sinatra brachte keinen Ton heraus. Natalia rückte dicht an ihn heran. Ihre Bewegungen waren die einer knöchernen Vogelscheuche.

»Was ist geschehen, Natalia?«

»Ich kann nicht mehr, Antonio. Du mußt mir helfen«, sagte sie und warf sich in seine Arme.

Sinatra hielt sie schweigend. Sein Blick verlor sich in der Ferne. Er biß sich auf die Lippen und warf seinen Zigarettenstummel in den Brunnen. Er wußte nicht, was er tun

sollte. Natalia fing an zu weinen und machte sich ganz klein in seinen Armen.
»Bitte, Antonio! Ich brauche Geld. Ich bin jetzt auf H und voll auf Turkey. Es ist schrecklich...« Sinatra versuchte zu verstehen: GELD–H–Turkey. Er nahm an, daß Natalia sich Heroin spritzte und Geld für einen Schuß brauchte. Er besah sich ihre Arme. Sie waren mit kleinen roten Punkten übersät.
»Warum hast du das getan, Natalia? Wie konntest du so eine große Dummheit machen?«
»Ich konnte nicht länger in der Pension bleiben, verstehst du. Ich wollte ein wirkliches Baby haben und traute mich nicht, dich darum zu bitten.«
»Mich darum zu bitten?«
»Ja.«
»Ich verstehe nicht... Willst du damit sagen, daß du ein Kind von mir wolltest?«
»Ja.«
»Das gibt es doch nicht...«
»Es ist das einzige, was mich retten kann.«
»Aber Natalia...«
»Wenn du mir nicht hilfst, ertränke ich mich im Brunnen. Jetzt auf der Stelle.«
Sinatras Gesicht verzog sich wieder zu seinem eigentümlichen Lächeln.
»Laß uns einen Kaffee trinken gehen, Natalia. Das wird dir guttun.«
»Ich will keinen Kaffee. Ich will Dope«, heulte Natalia.
Sinatra versuchte sie zu beruhigen: »Schau mal, Natalia, du mußt was essen und dich ausruhen. Alles, was ich tun kann, ist, mit dir frühstücken gehen oder dich ins Krankenhaus bringen. Ich werde dir kein Geld geben, nur damit du dich umbringst.«

Natalia schüttelte sich. Sie hatte angefangen zu zittern. Es ging ihr wirklich schlecht.
»Werden wir ein Kind haben, Antonio?« fragte sie wie ein kleines Mädchen.
»Darüber reden wir, wenn es dir bessergeht.«
»Wir können jetzt eins machen.«
»Nein.«
»Du magst mich nicht, weil du weißt, daß ich sterben werde.«
»Es reicht jetzt, Natalia! Kommst du mit oder nicht?«
»Warte!«
Sie entfernte sich ein paar Schritte von ihm, nahm die Brille ab, schleuderte sie zu Boden und bückte sich dann, um ein großes, scharfes Stück Glas aufzuheben.
»Siehst du das, Antonio?«
Sinatra stand auf. »Was hast du vor?« fragte er erschrocken.
Sie wich weiter zurück.
»Ich werde mir das Gesicht zerschneiden.«
»Mein Gott, jetzt drehst du durch.«
»Sag mir, daß du mir helfen wirst.«
Natalia brachte langsam die Glasscherbe an ihre Wange. In ihren schielenden Augen stand zu lesen, daß sie zu allem entschlossen war. Sinatra versuchte sich ihr zu nähern.
»Rühr dich nicht von der Stelle, Antonio!«
»Laß das doch, bitte!«
»Ich tu's. Jetzt gleich.«
»Zum letzten Mal, Natalia. Laß das!«
Sie lächelte auf eine abwesende Art.
»Es ist mir egal. Verstehst du?«
Sinatra zögerte ein paar Sekunden, wischte sich mit dem Handrücken den Schweiß von der Stirn und wagte schließlich zu sagen: »Dann tu's.«

Mit einer schnellen Bewegung preßte Natalia das Glas an ihre Schläfe und zog es über die Wange bis zu ihrem Kiefer. Am Anfang war es nur eine rote Linie, wie mit einem Buntstift gezeichnet, und dann fing der Schnitt an zu bluten.
»Natalia!«
Sinatra holte sein Taschentuch aus der Hosentasche und hielt es an ihre Wange. Natalia hatte angefangen zu weinen. Er mußte etwas tun.
»Es tut so weh, Antonio.«
Sinatra mußte sich schnell etwas einfallen lassen. Er war nicht sicher, ob er Natalia ins Krankenhaus bringen konnte, so, wie sie aussah: die Arme voller Einstiche, barfuß und mit einem Schnitt im Gesicht.
Er beschloß, sie bis zur Fernando-Straße zu schleppen, um eine Apotheke zu suchen. Um diese Zeit würde das nicht leicht sein.
»Verzeih' mir, Antonio«, wiederholte sie immer wieder.
Glücklicherweise sah er dann wenige Schritte entfernt, auf dem gegenüberliegenden Gehweg, das blinkende Licht eines elektrischen roten Kreuzes.
»Warte hier, Natalia. Lauf nicht weg.«
»Laß mich bitte nicht alleine.«
»Nur ruhig. Es dauert nur eine Minute.«
»Antonio!«
Sinatra überquerte die Straße, ging in die Apotheke und kaufte Verbandszeug, Alkohol, Heftpflaster und antibiotisches Pulver. Dann kehrte er zu ihr zurück, hielt ein Taxi an und brachte sie in die Pension.
»Das ist das letzte, was ich für dich tue, Natalia«, sagte er, als sie die dunkle Treppe hinaufstiegen. »Das wird die letzte verdammte Sache sein, die ich für dich tue.«

Als Sinatra die Eingangstür der Pension öffnete, saß da ein Panzerwagen am Empfangstisch, bei einer Flasche Muskateller und einer Dose Keksen. Eine Frau, riesenhaft und schwammig wie eine Tonne Eierschnee. Sie hielt ein Glas in der Hand, sah ihn erstaunt an, und ihre Kiefer mahlten langsam.

Ihr Haar war dauergewellt; winzige weißrosa Löckchen, die eng am Kopf lagen. Ihr Gesicht war so groß wie ein Omnibusreifen, und ihre Hängebacken erinnerten an eine Bulldogge. Sie hatte sich in einen schwarzen Morgenrock gehüllt, unter dem man leicht einen Dinosaurier hätte verstecken können. Ihre Füße steckten in roten Pantoffeln. Sie war ungefähr 60 Jahre alt. Mit heiterer Miene sah sie Sinatra an und sagte:

»Na, wer sind Sie denn?«

Sinatra dachte, er hätte sich im Stockwerk geirrt, aber als er das Schlüsselbrett sah, wußte er, daß er in der Pension war.

»Ich bin Antonio, der Nachtportier.«

Die Frau lächelte und hielt ihm die Hand hin.

»Und ich bin Señorita Clementina, die Schwester von Señor Flores, Gott hab ihn selig. Wie geht es Ihnen?«

»Danke, gut«, antwortete Sinatra und schüttelte ihr die Hand. Dann blickte die riesige Frau auf Natalia:

»Oh, die Arme! Was ist der Kleinen denn passiert?«

»Nun... sie hatte einen Unfall... Sie ist eine Freundin von mir... Ich wollte sie gerade verarzten, darum habe ich die Sachen hier gekauft.«

Natalia fing wieder an zu weinen.

Señorita Clementina erhob sich langsam und würdevoll. Es war, als ob ein Unterseeboot aus den Tiefen des Meeres auftauchte.

»Lassen Sie mich mal sehen«, sagte sie und zog Sinatras

Taschentuch von Natalias Gesicht. Sie besah sich die Wunde kurz, trank noch einen Schluck Muskateller und meinte schließlich: »Das ist nichts Ernstes.«
»Sind Sie sicher?« fragte Sinatra.
»Natürlich. Geben Sie mir ein bißchen Alkohol.«
Sinatra wickelte das Päckchen aus, das sie ihm in der Apotheke gegeben hatten, und reichte ihr das Verbandszeug.
»Nein, Antonio. Alkohol.«
Sinatra gab ihr das antibiotische Pulver.
»Vergessen Sie's«, sagte die Frau. »Sind zu nichts zu gebrauchen. Setzen Sie sich und lesen Sie eine Zeitschrift oder so was. Ich mach das alleine. Danke.«
»Tut mir leid«, entschuldigte sich Sinatra.
Sie versorgte flink Natalias Schnitt.
»In Ordnung«, sagte sie nur und sah Sinatra an. »Was werden Sie mit ihr machen?«
»Ich weiß nicht, wo ich hin soll«, sagte Natalia schnell.
Sinatra erschrak.
»Du kannst hierbleiben, Mädchen«, erklärte Señorita Clementina.
Natalia drückte Sinatras Hand.
»Darf ich in deinem Zimmer bleiben, Antonio?«
»Natürlich darfst du, Hübsche«, schaltete sich Señorita Clementina ein. »Es ist nichts anderes frei.«
»Señorita Clementina...«, begann Sinatra.
»Keine Bange, Antonio. Ihr könnt gerne zusammenbleiben. Ich mische mich nicht in solche Angelegenheiten.«
»Wie Sie wünschen.«
»Ach, Antonio.«
»Ja?«
»Ich wollte Ihnen noch sagen, daß ich mich ab heute um die

Pension kümmere. Ich werde auch hier wohnen, um mich nicht so allein zu fühlen.«
»Das freut mich sehr, Señorita Clementina.«
»Gestern abend sind Sie nicht zur Arbeit gekommen. Stimmt's?«
Sinatra schlug die Augen nieder.
»Es war so, ich hatte...«
»Macht nichts. Sie können jetzt ruhig schlafen gehen.«
»In Ordnung. Gute Nacht, Señorita Clementina«, sagte Sinatra und ging den Gang entlang, gefolgt von Natalia.
»Antonio!« rief ihn die Frau noch einmal.
»Ja, bitte?«
»Wissen Sie, daß Sie genauso aussehen wie Sinatra? Ich glaube, ich werde Sie so nennen.«
»Daran bin ich schon gewöhnt.«
Sinatra war allein mit Natalia in seinem kleinen Zimmer. Er bewegte sich vorsichtig und versuchte, sie nicht zu berühren. Sie setzte sich auf das Bett und zog sich ihre fadenscheinige Bluse aus. Eine Weile lang blieb sie so sitzen. Sinatra bewegte sich nicht aus dem einzigen Sessel, den er hatte.
»Was wirst du tun, Antonio?« fragte Natalia.
»Nichts.«
»Willst du dich nicht hinlegen?«
»Nein.«
Natalia stand auf und zog die Hose aus. Sie trug keinen Schlüpfer und war vollkommen nackt, als sie sich Sinatra zuwandte: »Ich habe das alles nur getan, um mit dir zusammenzusein, Antonio.«
»Das hast du erreicht.«
Natalia warf sich auf das Bett und deckte sich mit dem Laken zu. »Mir ist kalt, und mir tun alle Knochen weh.«
»Und was soll ich dagegen tun?«

»Komm zu mir, bitte.«
Sinatra legte sich neben sie. Angezogen. Er zog nicht einmal die Schuhe aus. Natalia drückte sich an ihn.
»Ich habe die Nacht mit einer Frau verbracht, Natalia.«
»Das macht mir nichts aus.«
»Na, das freut mich aber.«
»Was hast du denn, Antonio?«
»Ich weiß nicht. Es ist, als ob irgend etwas zerbrochen wäre. Für immer.«
Sinatra streckte die Hand aus und angelte sich die Zigarettenschachtel und das Feuerzeug von dem kleinen Nachttisch. Er zündete sich eine Ducados an und blickte an die feuchte, fleckige Zimmerdecke. Er war kurz vor dem Einschlafen.
Und er schlief ein. Doch dann riß ihm Natalia das Laken weg, stürzte sich auf ihn, packte ihn an den Haaren und küßte ihn wütend auf den Mund.
»Wir werden es jetzt machen, Antonio. Du wirst schon sehen.«
Als Sinatra die Augen aufschlug, war sein Hemd schon offen, und Natalia leckte seine Brust, während sie versuchte, die Knöpfe seines Hosenschlitzes abzureißen.
»Was tust du, Natalia? Bist du verrückt geworden?«
»Wir werden ein Kind haben, du Dummkopf«, sagte sie, ohne ihre Arbeit zu unterbrechen.
»Warte mal! Warte doch bitte!«
Er versuchte sie an den Handgelenken festzuhalten, aber sie biß ihn in die Hand und kämpfte weiter mit seiner Hose. In wenigen Sekunden hatte sie sie ihm bis auf die Knie gezogen.
»Du kommst mir nicht aus«, sagte Natalia heiser.
Sinatra sah ihr ins Gesicht. Sie war eine wilde Hexe, mit

aufgelösten Haaren, einem riesigen Pflaster auf der Wange und Augen, die sich gegenseitig suchten, wie um sich zu zerstören. Ihre Rippen stachen aus der gelblichen Haut, und sie bewegte sich wie eine rasende Hyäne, die den Mond anheult.

Sein Gesicht war naß von ihrem Speichel. Er konnte sie nicht abwälzen. Sie tat ihm weh, und er bekam allmählich Lust, grausam zu sein zu diesem verrückt gewordenen Körper.

»Wir tun es! Wir tun es!« sagte sie triumphierend, als sie spürte, daß Sinatra den Arm um ihre schmale Taille legte, in sie eindrang und ihr gleichzeitig den Zeigefinger in den Arsch schob. Natalia war wie angewachsen auf seinem Körper. Sinatra brauchte sich kaum zu bewegen. Sie machte alles allein, aber sie hatte die beschissene Angewohnheit zu beißen. Das Bett war kurz vor dem Zusammenbrechen. Es quietschte erbärmlich. Es war nicht gewohnt, daß in ihm gevögelt wurde. Sinatra erinnerte sich an die harten Zeiten, als er nach dem Aufwachen masturbierte oder auf einem Barhocker saß und sich schmerzlich nach einer Frau sehnte. Die Dinge hatten sich wohl geändert.

Natalia erschauerte in Abständen, als bekäme sie Elektroschocks, und verstärkte dann wieder den Angriff. Sinatra hielt sich zurück, bis er sah, daß ihr Mund sich allmählich öffnete und ihr kindlicher Unterkiefer fast aushakte. Da gab er Gas bis zum letzten Zucken.

Sie blieben liegen, reglos und keuchend, bis Señorita Clementina an die Tür klopfte.

»Sinatra!«

»Ja?«

»Der Briefträger ist gekommen und braucht Sie für eine Unterschrift. Ich glaube, er hat ein Telegramm für Sie.«

Sinatra stand auf.

»Schon haben sie mich wieder am Arsch«, murmelte er.
»Was soll ich ihm sagen?« fragte Señorita Clementina.
»Nichts. Ich komme schon.«
»In Ordnung.«
»Bleib' nicht so lange, Antonio«, sagte Natalia.
»Nein.«
Sinatra schlüpfte in seine Hose und trat auf den Gang hinaus. Señorita Clementina saß wieder in der Rezeption. Sie hatte alle Kekse aufgegessen und eine neue Flasche Muskateller auf den Tisch gestellt. Der Briefträger stand mit einem gelangweilten Gesicht neben ihr.
»Sind Sie Antonio Castro Fernandez?« fragte er.
Sinatra nickte.
»Bitte unterschreiben Sie hier.«
Er hielt Sinatra eine Art Auftragsbuch hin, deutete mit dem Finger auf eine bestimmte Stelle und gab ihm einen Kugelschreiber. Sinatra unterschrieb. Der Briefträger händigte ihm das Telegramm aus, verabschiedete sich und ging.
»Ich hatte schon immer was übrig für Telegramme«, bemerkte Señorita Clementina. »Alles oder nichts heißt das Spiel.«
»Ich glaube, es ist nichts Gutes.«
»Warum denn nicht? Vielleicht bietet man Ihnen an, Sinatra zu doubeln. Ich bin ein Kino-Fan, wissen Sie, und ich sammle Fotos von Schauspielern. Ich habe schon mehrere Alben voll. Wenn Sie möchten, werde ich sie Ihnen einmal zeigen.«
»Einverstanden«, sagte Sinatra ungeduldig.
»Hätten Sie nicht Lust, mit mir ein Gläschen zu trinken?«
»Danke, jetzt nicht. Ich bin ein wenig nervös wegen des Telegramms.«
»Dann lesen Sie es doch.«

»Ich traue mich noch nicht.«
»Ich bin schon so neugierig, Sinatra.«
»Tut mir leid.«
Señorita Clementina kippte sich noch einen hinter die Binde. In ihrem riesigen Gesicht stand ein ironischer Zug, als sie ihn wieder ansah.
»Was haben Sie denn da am Hals? Sieht aus, als hätte Graf Dracula Sie gebissen.«
»Ach ... Ich weiß nicht ... Wahrscheinlich ...«
»Nichts für ungut. Wir sehen uns dann später.«
»Ja, sicher. Bis später«, sagte Sinatra und ging eilends in sein Zimmer.
Natalia kniete auf dem Bett. Sie hatte beide Hände auf den Bauch gelegt und einen verzückten Ausdruck im Gesicht. Offensichtlich war ihr nicht mehr kalt. Offensichtlich tat ihr nichts mehr weh.
»Oh, Antonio«, sagte sie mit honigsüßer Stimme. »Es hat sich bewegt. Es bewegt sich.«
Sinatra sah sie verblüfft an: »Es hat sich bewegt? Was denn?«
»Das Kind! Unser Kind. Es strampelt in meinem Bauch.«
»So was.«
»Wie werden wir es nennen?«
»Ich weiß es nicht, Natalia.«
»Ich hätte gerne ein Mädchen, weißt du.«
»Bitte versuch zu schlafen. Ich brauche ein wenig Ruhe. Verstehst du? *Ruhe.*«
Natalia machte ein Beleidigtes-kleines-Mädchen-Gesicht, legte sich hin und deckte sich mit dem Laken zu.
»Kommst du nicht, Antonio?«
»Erst wenn du schläfst.«
Sofort drehte sich Natalia mit dem Gesicht zur Wand, schob

einen Arm unter das Kopfkissen, schloß die Augen und tat so, als schliefe sie.

Sinatra wartete ein paar Minuten, ging zum Pinkeln, setzte sich dann in den Sessel und öffnete das Telegramm. Der Text lautete: ANTONIO. MÖCHTEN SIE MICH HEIRATEN? HORTENSIA

9

Camacho, der Friseur, lehnte sich an die Theke des Weinlokals, bestellte noch ein Glas, zündete sich eine Celtas an der anderen an und sagte schließlich:

»Schau mal, Sinatra, seit zwei Stunden höre ich dir zu, und mir fällt nichts dazu ein. Es tut mir leid. Was soll ich denn tun?«

»Mach dir keine Gedanken. Es wird sich schon von selbst einrenken.«

»Hör mal, Sinatra.«

»Was denn?«

»Warum sprichst du nicht mal mit dem Contreras?«

»Contreras?«

»Ja, das ist einer, der um Almosen bettelt. Er sitzt immer an der Ecke Hospital- und Egipcias-Straße und baut da eine Art Stand auf. Du hast ihn bestimmt schon gesehen.«

»Klar. Ich weiß schon, wen du meinst.«

»Tja, also, der Kerl setzt sich auf eine Treppe mit einer Flasche Wein, und auf den Gehsteig stellt er die Fahne vom Fußballverein Barca, eine Kerze, irgendein Heiligenbild, und die Leute geben ihm Geld. Er tut nichts. Er sitzt nur da.«

»Und warum soll ich mit ihm reden?«

»Er spinnt ein wenig, weißt du. Aber oft fragen ihn die Leute alle möglichen Sachen, und er sagt was dazu. Das erstbeste, was ihm einfällt, natürlich. Aber vielleicht hat er einen Tip für dich.«

Sinatra zuckte die Schultern.

»Ich habe ja nichts zu verlieren.«
»Und außerdem«, fuhr Camacho fort, »hat er ein paar Freundinnen oder Geliebte, ich weiß es nicht so genau. Zwei heruntergekommene Alte, die ihm Wein besorgen und Zigaretten mitbringen. Manchmal setzen sie sich zu ihm und bleiben stundenlang bei ihm. Er ist eine Art Zuhälter für die beiden. Mal ist er mit der einen, dann kommt die andere, und dann trinken sie Wein zusammen. Aber normalerweise ist er allein. Du kannst mit ihm reden und ihm deine Geschichte erzählen. Für 100 Peseten hört er dir die ganze Nacht lang zu.«
Sinatra sah auf die Uhr.
»In einer halben Stunde muß ich in der Pension sein.«
»Das reicht. Sag ihm, daß ich dich schicke.«
»Camacho?«
»Was denn?«
»Glaubst du nicht, daß ich mich damit zum Narren mache?«
»Ich nehme an, nicht zum ersten Mal.«
»Sicher nicht.«
»Also?«
Contreras saß wie immer auf der Treppe an der Ecke. Das war sein Platz. Niemand könnte ihn von hier vertreiben. Er sah aus wie ein heruntergekommenes Exemplar der Heiligen Drei Könige. Seine langen grauen Haare wurden von einem Gummiband im Nacken zusammengehalten. Sein Gesicht war aufgedunsen und gerötet. In der Hand hielt er eine Flasche Wein.
Er zählte die Münzen zu seinen Füßen und schien zufrieden zu sein. Sein Hemd war bedruckt mit der Titelseite der Zeitung »The Sun«, und die Schlagzeile lautete: »SID VICIOUS IS DEAD«.
Sinatra ging zu ihm. Er wußte nicht recht, was er tun sollte.

Einen Moment lang wollte er sich schon aus dem Staub machen.
»Hör mal, Contreras«, wagte er schließlich, ihn anzusprechen. »Ich möchte mit dir reden. Camacho schickt mich.«
Unbeirrt zählte Contreras weiter seine Münzen. Als er damit fertig war, sagte er: »Gezahlt wird im voraus.«
Sinatra gab ihm 500 Peseten. Vorläufig zahlte alles das Bingo.
»Sicherlich Weiber«, sagte Contreras zu sich selbst, nahm den Geldschein, steckte ihn in die Tasche und fing an, den Stand abzubauen. Seine Nacht war gelaufen.
Er packte alle seine Sachen auf einen kleinen Handwagen, strich sich übers Haar und setzte sich dann wieder auf die Stufen.
»Und?« fragte er schließlich und blickte Sinatra gelangweilt an. Sinatra konnte nichts sagen.
»Es geht doch um die Weiber, oder?« fragte Contreras wieder.
»Woher weißt du das?«
»Mensch, ist doch klar. Nur wenn einer wegen so einer Sache den Kopf verloren hat, kommt er auf die Idee, 500 Peseten auszugeben und mit mir die Zeit zu verschwenden.«
Sinatra fiel wieder in düsteres Schweigen.
»Wenn du nichts weiter sagst, dann kann ich ja verschwinden.«
»Gibst du mir einen Schluck ab?«
Contreras schnalzte mit der Zunge und reichte ihm mißmutig die Flasche. Sinatra nahm einen Schluck und sagte dann:
»Es dreht sich um eine Witwe, die 45 Jahre alt ist und mich heiraten will. Ihr Sohn ist verrückt und will mich umbringen. Was soll ich tun?«

»Hat sie Kohle?« fragte Contreras.
»Nicht viel.«
»Vergiß sie.«
»Und außerdem«, fuhr Sinatra fort, »habe ich mich ein bißchen mit einer 16jährigen eingelassen. Aber sie hängt an der Nadel, und sie ist auch nicht ganz richtig im Kopf. Sie will ein Kind von mir. Verstehst du?«
Contreras gähnte ausgiebig.
»Sie würde dich nur zum Wahnsinn treiben. Vergiß sie.«
»Kann sein, daß du recht hast, Contreras.«
»Sonst noch was?«
»Na ja, vor ein paar Tagen habe ich eine kleine Nutte beim Bingo aufgerissen. Am Anfang hat sie mich eine Menge Geld ausgeben lassen, aber als wir ins Bett gingen, wollte sie nichts dafür. Ich habe ihre Telefonnummer. Sie ist das reinste Dynamit.«
»Auf zum Kampf«, sagte Contreras.
»Vielleicht rufe ich sie heute abend oder morgen an. Ich weiß noch nicht.«
»Kann ich dich jetzt mal was fragen?«
»Klar«, antwortete Sinatra.
»Wie alt bist du?«
»Vierzig.«
»*Und immer noch nimmst du die Weiber ernst, du Idiot*?«
Sinatra preßte die Lippen zusammen und senkte die Augen.
»Ich kann es nicht verhindern.«
»Tja, dann ist dir nicht zu helfen.«
Unvermittelt sagte Sinatra, ohne recht zu wissen, warum:
»Es gibt da eine Liliputanerin, die mir Gedichte schickt. Sie ist 22 Jahre alt, blond und blauäugig...«
»Eine Liliputanerin?« fragte er begeistert.

»Ja.«
»Das ist was anderes.«
»Meinst du?«
»Na klar. Eine junge blonde Liliputanerin mit einer engen Möse. Ich habe mal eine gevögelt. Es war super.«
»Mensch...«
»Es sind friedliche Weiber. Sie gehen dir nicht auf den Sack. Sie lassen dir Luft zum Atmen. Verstehst du? Keiner beachtet sie, aber sie lassen sich alle was entgehen. Die betrachten das Leben von ganz unten, und da sind die Sachen natürlich anders. Wie soll ich dir's erklären? Sie wissen mehr, sie sind realistischer als andere Frauen.«
»Sie ist einen Meter groß, Contreras...«
»Du verstehst aber auch gar nichts.«
Sinatras verzerrtes Lächeln erschien wieder auf seinem Gesicht. »Du glaubst wohl, du weißt alles, und ich soll mich mit der Liliputanerin einlassen.«
»Genau.«
»Leck mich am Arsch, Contreras.«
»Gleichfalls, Mann. Gleichfalls.«
Sinatra lächelte wieder, stand auf, zwinkerte Contreras freundschaftlich zu, lief ein paar Schritte, überquerte die Straße und ging in die Pension. Auf seinem Platz war niemand.
Er ging in die Küche, setzte Wasser auf, um sich Kaffee zu kochen, kehrte zum Tisch zurück, schaltete das Radio ein und warf einen Blick auf das Schlüsselbrett. Natalia war nicht da. Zweimal schon war sie für immer gegangen, aber wenige Stunden später in die Pension zurückgekehrt. Zur Zeit war sie wieder unterwegs. Er würde ihr nicht mehr nachlaufen.
Sinatra suchte Isabels Telefonnummer in der Schreibtisch-

schublade. Er war sicher, daß er sie dort gelassen hatte. Er sah in seinen Kleidungsstücken nach und dann in seinem Zimmer. Die verdammte Nummer blieb verschwunden. Auf jeden Fall konnte er Isabel beim Bingo sehen, aber er wollte dort nicht auftauchen, ohne vorher mit ihr gesprochen zu haben. Ob er ihr die Nummer der Pension gegeben hatte, wußte er nicht mehr.

Mit der Kaffeetasse in der Hand setzte er sich an den Tisch und versuchte Isabel zu vergessen. Wie es wohl wäre, mit einer blonden Liliputanerin ins Bett zu gehen? Es wurde an die Tür geklopft, und Sinatra öffnete.

Der Kerl sah aus wie ein gefährlicher Puertoricaner aus einer drittklassigen amerikanischen Fernsehserie. Seine glatten, schwarzen Haare waren mit Wasser nach hinten gekämmt. Er trug Backenbart in der Form eines gleichschenkligen Dreiecks und einen spärlichen Schnurrbart. Sein Gesicht war mausgrau. Er hatte sein Gewicht auf das linke Bein verlagert, das rechte Knie angewinkelt und stützte sich mit einer Hand an den Türrahmen. Er sah aus, als ob er Kaugummi kaute. Sein Mund war zu einem breiten Grinsen verzogen.

»Wie geht's?« sagte er. »Ich bin Juan Cuevas Heredia.«

»Wer?« fragte Sinatra.

»Der vom Klub, Kumpel. Sag bloß nicht, du erinnerst dich nicht.«

Sinatra fiel plötzlich der Brief ein. Es war der Gangster, der fünf Jahre im Gefängnis gesessen hatte, und jetzt stand er vor ihm, weniger als einen Meter entfernt.

»Komm rein«, sagte Sinatra und breitete mit einer hilflosen Geste die Arme aus. Gleichzeitig schickte er einen Fluch und ein Stoßgebet zu den grausamen Sternen, die noch immer sein Schicksal bestimmten.

Juan Cuevas Heredia rührte sich nicht. Nur seine Kiefer bewegten sich in einem rasenden Tempo. Er zerbiß den Kaugummi. Eigentlich sah es aus, als hätte er die Parkinsonsche Krankheit.
»Sicher, daß es klargeht?« fragte er.
Sinatra schüttelte verwirrt den Kopf.
»Was meinst du?«
»Daß du nichts dagegen hast, dich mit mir abzugeben.«
»Mensch, das kommt darauf an...«
»Nenn mit Juan. O.K.?«
»O.K., Juan. Wie du willst.«
Sinatra bat ihn in die Rezeption. Langsam und breitbeinig trat Juan Cuevas Heredia durch die Tür. Träge schaute er sich die altersschwachen Wände an, den einzigen Sessel und das armselige Schlüsselbrett.
»Willst du hierbleiben?« fragte Sinatra mit einer gewissen Furcht.
Ein seltsamer Kopf, wie der des Ungeheuers von Loch Ness, tauchte in dem dunklen Gang auf.
»Sinatra. Möchten Sie mit mir einen Wein trinken?« fragte Señorita Clementina. Sie war in ihren Morgenrock gehüllt und unterbrach sich, als die beiden Männer sie ansahen.
»Ja, gerne... es ist gerade ein Gast gekommen.«
Juan Cuevas Heredia und Señorita Clementina sahen sich an. Sie reckte die Brust heraus, schaukelte ein wenig mit ihrem Sopranistinnenbusen, hob die Flasche Muskateller hoch, lächelte wie ein Backfisch und sagte schlicht: »Hallo.«
Juan Cuevas Heredia hörte auf zu kauen und sah sie ein paar Sekunden lang ungläubig an. Dann brachte ihn etwas wie Eingebung dazu, die Schultern zu straffen, sich leicht zu verneigen und zu lächeln, indem er die gelben Zähne einer Mumie sehen ließ.

»Ich bin Juan. Wie geht's?« sagte er zur Begrüßung.
»Das ist Señorita Clementina, die Besitzerin der Pension«, beeilte sich Sinatra zu sagen.
»Sie können ihm Zimmer Nummer 4 geben«, schlug sie vor.
»Er weiß noch nicht, ob er hierbleiben wird, Señorita Clementina.«
»Ich glaube schon. Stimmt's, Juan?«
Juan steckte leicht verdrießlich die Hand in seine rechte Jackentasche, holte mehrere grüne Geldscheine heraus und zeigte sie vor wie ein Zauberer, der eben seine Lieblingsnummer vollendet hat.
»An Kohle fehlt's mir nicht.«
»Kommen Sie«, mischte sich Señorita Clementina rasch ein. »Ich zeige Ihnen Ihr Zimmer.«
Sie trat leichtfüßig zu Juan, packte ihn mit ihrer Klaue am Arm und zog ihn in die Tiefen der Pension. Sinatra setzte sich auf seinen Platz und schloß die Augen. Er brauchte ein wenig Ruhe. Er wollte hier, auf seinem Stuhl, sitzen bleiben und zusehen, wie die Nacht langsam und still verstrich. Alles, was er tun konnte, war abzuwarten.
Es vergingen zehn Minuten, und Señorita Clementina tauchte nicht mehr in der Rezeption auf. Juan auch nicht.
»Sie sind beim Vögeln«, dachte Sinatra und schlief ein. Dann weckte ihn das Telefon.
»Ja?« sagte Sinatra mit schlaftrunkener Stimme.
»Ich möchte bitte mit Herrn Castro sprechen.« Es schien eine Frau zu sein.
»Am Apparat. Wer spricht da?«
»Gottseidank, daß ich dich antreffe. Hier ist Rosita.«
Sinatra zuckte auf dem Stuhl zusammen. Wieder einer vom Klub.

»Ich habe geschlafen, Rosita.«
»Entschuldige, mein Junge, aber ich fühlte mich so einsam, und da dachte ich, ich rufe dich an.«
»Ja.«
»Meine Mutter ist gestorben, Antonio. Ich werde sie nie wiedersehen. Weißt du, was das heißt? Ich bin verzweifelt. Ich muß mit jemandem sprechen und mir alles von der Seele reden. Der Schmerz, der durch meine Adern fließt, ist so groß. So groß, daß es nicht auszuhalten ist, mein Süßer. Nicht auszuhalten.«
»Das tut mir leid.«
»Und das ist noch nicht alles. Vor ein paar Tagen ist Ramon aus der Bar verschwunden, und jetzt habe ich niemanden mehr. Ich bin so unglücklich, Antonio. Das Leben hat sich auf ganz üble Weise gegen mich gewandt. Gestern fehlte nur wenig, und ich hätte einen Liter Natronlauge getrunken und wäre zu meiner Mutter in den Himmel gegangen.«
»Ich weiß nicht, was ich dir sagen soll.«
»Ich wollte dich um etwas bitten, Antonio. Ich weiß, du bist eine gute Seele und wirst mir helfen.«
»Worum geht's denn?«
»Kann ich zu dir in die Pension kommen und ein Glas mit dir trinken?«
»Ich muß arbeiten, Rosita.«
»Bitte laß mich kommen! Bitte! Um der Liebe Gottes willen!«
Rosita schien zu weinen. Sinatra konnte es nicht ertragen, wenn Frauen weinten. Das war etwas, was er überwinden mußte.
»Kannst du nicht warten bis morgen?«
»Ich würde sterben, Antonio. Ich schwör's bei meinem Augenlicht.«

Sinatra machte eine lange Pause, drückte wütend seine Zigarette in dem Blechaschenbecher aus und sagte dann: »Gut. In Ordnung.«
»Danke, mein Hübscher. Ich wußte, du bist ein Schatz. In fünf Minuten bin ich da.«
»O.K. Adios.«
»Adios, mein Pharao«, sagte Rosita.
Sinatra brauchte einen Drink. In seinem Zimmer stand eine Flasche Whisky. Das Bingo war noch immer spendabel. Er holte die Flasche und schenkte sich ein halbes Glas voll. Langsam fühlte er sich besser. Er mußte in Ruhe nachdenken. Der Whisky half ihm, die Spannung zu lösen. Die Leute vom Klub würgten ihn wie eine Schlinge, die sich immer fester um seinen Hals legte. Es erschien ihm lächerlich, der blonden Liliputanerin zu schreiben, und er verstand den Beweggrund nicht, der ihn dazu trieb. Die Dinge würden damit nur noch komplizierter werden. Er stellte sich Begonia mit einem kleinen Koffer in der Hand auf der Türschwelle der Pension vor. Der ganze Brieffreundschaftsklub würde ihn hier besuchen. Er würde verrückt werden.
Señora Hortensia könnte jeden Augenblick im Brautkleid auftauchen. Rosita würde gleich kommen. Juan Cuevas Heredia war schon da. Er schenkte sich noch einen Whisky ein.
»Hey, Sinatra.«
Manolo stand vor ihm. Er trug ein grünes Jackett, eine cremefarbene Hose, ein schwarzes Hemd und eine silberweiße Krawatte. Er stank nach billigem Parfüm. Sicherlich war er unterwegs zu den Nutten.
»Was gibt's, Manolo?«
»Heute nachmittag hat eine Frau für dich angerufen.«

Beinahe hätte Sinatra das Whiskyglas fallen lassen.
»Hat sie dir ihren Namen gesagt?«
»Isabel.«
»Hat sie eine Nachricht hinterlassen?«
»Sie hat gesagt, sie würde wieder anrufen.«
»O.K. Willst du einen Whisky?«
»Da sag ich nicht nein«, nahm Manolo erfreut an. Sinatra schenkte ihm ein.
»Wetten, daß du nicht weißt, wohin ich gehe?« fragte Manolo augenzwinkernd.
»Zum Vögeln«, antwortete Sinatra.
Manolo sah ihn verblüfft an: »Wie hast du das erraten?«
Sinatra zuckte die Schultern. »Ist mir so eingefallen.«
»O.K. Ich verschwinde jetzt«, sagte Manolo und stürzte den Whisky hinunter.
»Gut. Bis dann.«
Sinatra holte sich eine Zeitung und fing an, Kreuzworträtsel zu lösen. Das war etwas, das ihm immer geholfen hatte, die Ruhe zu bewahren. Er setzte einige Worte ein, aber als er bei 8 vertikal angekommen war, schienen sich die Buchstaben zu ändern.

```
H
ROSITA
R
T   N
BEGONIA
N     T
S     A
```

I L

JUAN

ISABEL

Sofort schlug er die Zeitung zu und widmete sich dem Whisky, bis an die Tür geklopft wurde.
Rosita hatte die Perücke nicht aufgesetzt, und man sah seine große, rosarote Glatze. Er war genauso gekleidet wie an dem Tag, als Sinatra ihn kennengelernt hatte, aber er benutzte ein anderes Parfüm. Dieses Mal duftete er nach Vanille.
»Danke, daß ich kommen durfte«, sagte er zur Begrüßung. »Ich habe dir auch ein Geschenk mitgebracht.«
Sinatra ließ ihn eintreten und in dem wackligen Sessel Platz nehmen.
»Nur zehn Minuten, Rosita. Ich habe dir ja schon gesagt, daß ich arbeiten muß.« Er schenkte ihm einen Whisky ein.
»Du bist so großherzig, Antonio. Gott soll es dir lohnen.«
Rosita kippte den Whisky in einem Schluck und trocknete sich mit einem violetten Taschentuch die Schweißperlen, die sich auf seiner Glatze gebildet hatten.
»Du weißt nicht, wie sehr ich leide, mein Junge. Ich habe niemandem mehr zum Liebhaben. Ich bin ganz allein auf der Welt.«
»Du wirst schon wieder jemanden finden.«
»Magst du mich, Antonio?«
»Was soll ich dir darauf antworten?«
»Daß du mich magst.«
Sinatra zuckte die Schultern, und langsam erschien wieder das verzerrte Lächeln auf seinem Gesicht.
»Also gut. Ja.«

Rosita schloß die Augen und lehnte sich zurück.
»Sag's noch mal, Antonio«, flüsterte er.
»Ja, verdammt noch mal. Ja«, brüllte Sinatra.
»Entschuldige, mein Junge. Ich wollte dich nicht ärgern.«
»Schon gut.«
»Ich habe ganz vergessen, dir das Geschenk zu geben«, sagte Rosita und öffnete seine weiße Plastiktasche. »Ich bin sicher, es wird dir sehr gefallen.«
»Was ist es denn?« fragte Sinatra neugierig.
»Warte eine Sekunde, mein Schatz«, sagte Rosita und wühlte tief in seiner Tasche.
Schließlich holte er etwas heraus, das aussah wie eine kleine, gelbe Wattekugel.
»Schau es dir an, Antonio. Ist es nicht süß?«
Sinatra trat zu ihm, um sich das Ding genauer anzusehen, das Rosita in der Hand hielt.
»Das ist ein Küken«, sagte er leicht beunruhigt.
»Ein kleines Küken, mein Herz. Nimm's. Es gehört dir«, sagte Rosita und reichte es ihm.
»Ich habe keine Ahnung von Küken.«
»Ich bin begeistert davon. Zu Hause habe ich mehrere.«
»Und was soll ich mit einem Küken?«
»Es füttern, mit ihm spielen...«
»Ich habe dir doch schon gesagt, daß ich keine Zeit habe.«
»Weise es nicht zurück, Antonio. Schau's dir an. Das arme Kleine, jetzt hat es angefangen zu piepsen.«
Sinatra setzte das Küken auf den Tisch, griff nach der Flasche und schenkte sich noch einen Whisky ein.
»Schau mal, Rosita, versuch mich zu verstehn«, sagte Sinatra und bemühte sich, ruhig zu bleiben. »Ich danke dir sehr, daß du mir ein Küken schenken wolltest, aber ich werde es nicht behalten. Ist das klar?«

»Du könntest es in deinem Zimmer halten. Es würde dein Freund sein.«
»Ich will das verdammte Küken nicht.«
»Das Ärmste hat dir doch nichts getan!«
»Schon gut, Rosita«, sagte Sinatra und sah auf die Uhr. »Ich muß jetzt was tun.«
»In Ordnung. Ich gehe wieder.«
»O.K. Ich komme mit runter. Ich muß noch Zigaretten kaufen.«
Sinatra verabschiedete sich von Rosita an der Eingangstür der Pension, überquerte die Straße und kaufte im Lokal gegenüber ein Päckchen Ducados. Endlich fühlte er sich etwas ruhiger.
Das erste, was er sah, als er in die Pension zurückkehrte, war das Küken. Es saß noch immer auf dem Tisch und piepste.

10

Der Schanker war rot und gelb und von einer dünnen Schicht bedeckt, die aussah wie Plastik. Er hatte die Größe einer Erbse, aber eine länglichere Form. In seinem Inneren tummelten sich sicherlich unendlich viele Mikroben. Sein Aussehen war eindrucksvoll und beängstigend. Er war der neue, furchterregende Herrscher über Sinatras Glied.

»Natalia oder Isabel«, sagte er sich und drehte den Hahn der Dusche zu.

Sinatra trocknete sich mit äußerster Sorgfalt ab. Er hatte den Schanker eben erst entdeckt und fühlte, wie die Angst in seinem Inneren wuchs. Noch nie war ihm so etwas passiert. Er hatte nicht die leiseste Ahnung, was ihn nun erwartete.

Einen Augenblick lang sah er seinen Körper voller furchtbarer Geschwüre; Schwären am Mund, später dann der Wahnsinn und schließlich der Tod.

In ein Handtuch gehüllt verließ er das Badezimmer. Manolo las eine Zeitung in der Rezeption. Sonst war niemand zu sehen.

»Hör mal, Manolo.«

»Was gibt's?« fragte er, ohne aufzublicken.

»Ich habe Schiß, Mann.«

Manolo sah auf. »Sakrament, Sinatra, du bist ja weiß wie die Wand!«

»Ich habe auch Grund dafür.«

»Zuviel Whisky?«

»Syphilis.«

Manolo zog sich unwillkürlich etwas zurück, als müßte er sich von Sinatra fernhalten, und sagte: »Geh in die Klinik, sonst fällt dir vielleicht noch der Schwanz ab.«
»Danke für die Aufmunterung.«
»Weißt du, wer es gewesen sein kann?«
»Es kommen nur zwei Frauen in Frage.«
»Solche Nutten!«
»Ist Natalia nicht gekommen?«
»Nicht, daß ich wüßte.«
»Na ja, egal. Ich ziehe mich an und gehe in die Klinik.«
»Warte mal. Ich glaube, hier ist was für dich.«
Manolo nahm ein paar Briefe auf, die auf dem Tisch lagen, zog einen aus dem Stapel und gab ihn Sinatra. »Hier bitte.«
»Das hat mir gerade noch gefehlt!« sagte Sinatra und ging in sein Zimmer. Er konnte nicht widerstehen und mußte den Brief sofort lesen. Er zündete sich eine Zigarette an, warf sich auf das Bett und öffnete den Umschlag.

Bruder Antonio.

Gestern nachmittag habe ich mit Jesus Christus gesprochen, und er hat mir gesagt, daß Sie der Teufel sind.
Ich sehe mich nun gezwungen, Ihnen zu sagen, daß Ihre einzige Rettung darin liegt, Ihre Sünden zu bereuen und täglich 20 Stunden zu beten. Außerdem müssen Sie vor dem Schlafengehen und nach dem Aufstehen einen Liter Weihwasser trinken. Ebenso ist es unerläßlich, daß Sie eine größere Anzahl Kerzen an Ihrem Bett aufstellen.
Ich bin sicher, daß irgendein teuflisches Zeichen des Bösen an Ihrem Körper erschienen ist; vielleicht in Form einer schrecklichen Krankheit, die niemand heilen kann.
Die Jungfrau Maria vergießt noch immer Tränen, und ich bin zu größten Opfern bereit, um ihr zu helfen, endlich Frieden zu finden.

Ich hoffe, daß Sie mir so schnell wie möglich schreiben und mir mitteilen, daß Sie einverstanden sind, das Böse aus Ihrem Körper zu vertreiben. In diesem Falle können Sie mit meiner Unterstützung rechnen. Andernfalls sähe ich mich gezwungen, Ihrem Leben ein Ende zu bereiten.

Bruder Blanco Sol

Sinatra zerriß den Brief in tausend kleine Papierfetzen. Es war die erste Morddrohung, die er von einem Klubmitglied erhalten hatte, und er nahm an, daß es nicht die letzte bleiben würde. Sobald er aus der Klinik zurück wäre, würde er einen Brief an den Klub schreiben, seinen Rücktritt bekanntgeben und darum bitten, daß sein Foto ein für allemal aus der verdammten Broschüre verschwand. Er hatte mehr als genug.

Er stand auf, zog sich an und verließ das Zimmer. Señorita Clementina saß im Sessel in der Rezeption, hielt das Küken in der Hand und gab ihm Küßchen auf den Schnabel.

»Schauen Sie, was ich gefunden habe, Sinatra. Ist es nicht reizend?«

»Wenn Sie es sagen.«

»Ich werde es Pio nennen. Was halten Sie davon?«

»Klingt nicht schlecht.«

»Juan hat mir gesagt, daß er mit Ihnen reden möchte. Er wartet auf Sie im Lokal nebenan.«

»Danke. Ich gehe gleich zu ihm.«

Juan Cuevas Heredia war dabei, eine riesige Tortilla zu verschlingen. Auf dem Tisch standen ein Salatteller, eine Flasche Wein und Weißbrot. Er schien hungrig zu sein. Als er Sinatra sah, bedeutete er ihm mit der Gabel, sich zu setzen.

»Ich bin völlig am Arsch, Kumpel«, war das erste, was er sagte. »Die Clementina ... hat vielleicht ein Tempo drauf!«
»Was war denn?«
»Gestern habe ich sie gevögelt.«
»Leck mich am Arsch!«
Juan sah ihn finster an: »Glaubst du mir nicht?«
»Ja doch. Ich glaub's dir.«
»Willst du nichts zum Futtern?«
»Ich habe keinen Hunger.«
»Was bist du für ein zartes Pflänzchen«, sagte Juan langsam. »Offensichtlich hat es dir wegen irgendeinem Weibsbild den Appetit verschlagen. Man sieht's dir an.«
»Das ist meine Sache.«
»Du bist einer von der grüblerischen Sorte. Stimmt's?«
»Vielleicht.«
»Dir fehlt ein bißchen Schwung, Kumpel. Was hältst du davon, wenn wir heute abend einen drauf machen?«
»Ich fühle mich nicht wohl, Juan. Bin gerade auf dem Weg ins Krankenhaus.«
»Was hast du denn?«
»Tripper oder so was. Ich weiß es nicht genau.«
»Immer die Weiber.«
»Zur Zeit überlege ich, ob ich mich mit einer Liliputanerin einlassen soll.«
Juan schüttelte den Kopf.
»Du steckst bis über beide Ohren in der Scheiße, Kumpel. Und du glaubst, das einzige, was dich retten kann, ist eine Frau. Aber du mußt dich selbst rausziehen. Wenn nicht, bist du verraten und verkauft.«
Sinatra sah auf die Uhr und stand auf.
»Ich verschwinde jetzt, Juan. Wir sehen uns heute abend.«

Sinatra verließ das Krankenhaus mit mehreren Millionen Penizillineinheiten in seinem Körper. Er fühlte sich schwach und hatte einen Drink nötig. Aber er durfte während der Dauer der Behandlung keinen Alkohol trinken. Er wollte niemanden sehen und auch nicht mit Juan ausgehen.

Als er in die Pension kam, schloß er sich in seinem Zimmer ein. Das konturlose Bild von Begonia Montana begann durch seinen Kopf zu ziehen und brachte ihn dazu zu schreiben:

Liebe Begonia,

das ist der letzte Brief, den ich schreiben möchte, bevor ich Schluß mache mit dem Klub. Die Leute haben mich allmählich verrückt gemacht und mir alles mögliche, von Heiratsanträgen bis zu Morddrohungen, geschickt.

Erst jetzt fühle ich mich in der Lage, mit Dir in Kontakt zu treten, Interesse für Dich zu empfinden und zu versuchen, Dich zu verstehen.

Ich bin ein Mann wie alle anderen und möchte einfach nur in Ruhe leben, wenn es möglich ist, mein Leben mit einem anderen Menschen teilen. Ich glaube, das ist nicht zuviel verlangt, aber dennoch scheint es so schwer erreichbar zu sein, wie mit den Ohren zu wackeln oder zu fliegen wie Superman.

Ich weiß nicht, ob wir Freunde werden können, aber ich möchte es auf jeden Fall versuchen. Man weiß nie. Stimmt's?

Das Gedicht hat mir sehr gefallen, obwohl ich von diesem Thema nicht allzuviel verstehe, und ich danke Dir, daß Du es mir geschickt hast.

Ich könnte Dir noch viel erzählen, aber dann müßte ich

den ganzen Tag mit Schreiben verbringen, und die Zeit würde trotzdem nicht ausreichen.
Nun gut, Begonia, Du weißt jetzt, daß ich hier bin und daß Du mit mir rechnen kannst.

Antonio

Sinatra las den Brief mehrmals, bevor er sich entschloß, ihn in einen Umschlag zu stecken und eine Briefmarke daraufzukleben. Auf eine wirre, dunkle Weise erwartete er sich etwas von Begonia.
Kurz bevor er anfing zu arbeiten, ging er hinaus und gab den Brief auf. Juan und Señorita Clementina erwarteten ihn in der Pension.
»Also heute abend geht ihr aus«, sagte sie, als er kam.
»Ich weiß nicht. Eigentlich müßte ich...«
»Nichts da!« unterbrach ihn Juan. »Es ist abgemacht.«
»Ich bleibe die Nacht über hier, Sinatra«, sagte Señorita Clementina.
»Wie nennst du ihn?« fragte Juan mit einem ironischen Lächeln.
»Sinatra. Hast du nicht bemerkt, daß sie sich gleichen wie ein Ei dem anderen?«
»Na so was. Du als Star, Kumpel.«
»Die Leute nennen mich halt so.«
»Habt ihr Geld?« fragte Señorita Clementina wie eine Mutter, die ihre Kinder ins Kino schickt. Das Telefon klingelte, und sie nahm den Hörer ab.
»Sinatra, für Sie«, sagte sie leise.
»Wer ist dran?« fragte Sinatra ängstlich.
»Ein Mädchen. Isabel.«
Señorita Clementina gab ihm den Hörer und machte Juan ein Zeichen mit dem Kopf, zum Gang hin.

»Lassen wir ihn allein«, meinte sie.
»Ja, Isabel«, sagte Sinatra.
»Antonio, ich möchte dich was fragen.«
Ihre Stimme war wie ein eiskaltes Messer.
»Was denn?«
»Ich habe mir was aufgefangen und will wissen, ob du das warst.«
Sinatra strich sich langsam mit der Hand über die Stirn, als befühlte er eine Wunde.
»Mädchen, ich war heute nachmittag im Krankenhaus. Mir geht's auch beschissen, aber ich schwöre dir, daß ich vor dir mehr als ein Jahr lang keine Frau angerührt habe.«
»Das sagen alle.«
»Bitte, Isabel. Ich habe keinen Grund, dir was vorzumachen.«
»Ich möchte gerne dein Gesicht sehen, Antonio. Am Telefon kann man leichter lügen.«
»Wenn du mein Gesicht sehen könntest, würdest du weinen.«
»Nimm mich nicht auf den Arm. Es ist ernster, als du dir vorstellst.«
»Kann es nicht ein anderer ... Kunde gewesen sein?« fragte Sinatra schüchtern.
»Unmöglich. Es ist ewig lange her, daß ich mit einem ins Bett gestiegen bin.«
»Wie lange?«
»Ich weiß nicht. Einen Monat oder so. Außerdem war ich zwei oder drei Tage, bevor ich mit dir zusammen war, beim Arzt, und der hat nichts gefunden.«
»Du mußt mir glauben, Isabel. Ich weiß nicht, wie ich es dir beweisen kann.«
Sie schwieg und sagte dann heiser: »Es muß dieser Huren-

sohn von Camilo gewesen sein. Ich habe die Nase voll von ihm.«
»Wer ist Camilo?«
»Mein Freund. Wir leben zusammen.«
»Ich verstehe.«
»Heute abend werde ich mit ihm sprechen, und ich glaube, ich schmeiße ihn raus. Ich ertrage ihn nicht länger.«
»Immer mit der Ruhe, Mädchen.«
»Weißt du, Antonio, ich möchte jemandem glauben können, jemandem vertrauen, und das habe ich noch nie gekonnt.«
»Du bist zu hübsch, Isabel. Das ist das Problem.«
»Ich weiß nicht. Du bist häßlich, und dir geht es auch nicht gut. Stimmt's?«
»Meinst du?«
»Das war ein Scherz, du Dummkopf.«
»Freut mich.«
»Hör mal, warum kommst du nicht auf einen Drink zum Bingo?«
»Ich darf keinen Alkohol trinken.«
Isabel lachte: »Stimmt ja. Ich auch nicht.«
»Aber wenn du möchtest, könnten wir eine Cola trinken.«
»Wenn ich es mir recht überlege, ginge es morgen besser. Verstehst du doch, nicht?«
»Natürlich.«
»Ich rufe dich an.«
»Einverstanden.«
»Küßchen, Antonio.«
»Küßchen, Mädchen.«
Sinatra lächelte. Einen Augenblick lang hatte er Lust, auf den Tisch zu steigen, ein Lied zu trällern oder in die Luft zu springen, als hätte er in letzter Sekunde das entscheidende

Tor für seine Mannschaft geschossen. Aber dann blieb er ruhig, hatte ein törichtes Lächeln auf den Lippen und sah verwundert auf das Telefon. Señorita Clementina kehrte zur Rezeption zurück.

»Was ist mit Ihnen, Sinatra? Sie sehen aus, als seien Sie betrunken. Sie haben sich verliebt. Stimmt's?«

»Ich glaube, ja.«

»Jetzt hast du verschissen, Kumpel«, sagte Juan, der im Gang auftauchte. »Das ist das Schlimmste, was einem Mann passieren kann.«

Sinatra hörte nicht auf zu lächeln. Er spielte mit seinen Hemdknöpfen.

»Ich bin sicher, sie braucht mich«, sagte er mehr zu sich selbst. »Ich kann es nicht glauben.«

»Sie werden bald keine Knöpfe mehr dran haben. Einen haben Sie schon abgerissen«, sagte Señorita Clementina.

»Ich glaube, ich verdufte allein. Diesen Kerl halte ich in dem Zustand nicht die ganze Nacht lang aus«, sagte Juan.

»Wir könnten alle zusammen Karten spielen«, schlug Señorita Clementina vor.

»Ohne mich«, sagte Juan schnell.

Sinatra schien auf den Erdboden zurückzukehren.

»Hör mal, Juan. Es tut mir leid, aber mir geht es nicht gut. Außerdem darf ich keinen Alkohol trinken, und vielleicht verschieben wir das Ganze dann besser auf einen anderen Abend.«

Juan wandte sich zu Señorita Clementina und schüttelte den Kopf: »Ich hab's dir doch gesagt! So ein Scheißkerl...«

Sinatra lächelte wieder.

»Geh zum Teufel«, sagte Juan, spuckte den Zahnstocher aus, nahm sein Jackett und schlug die Tür zu.

»Sinatra, wenn Sie sich nicht wohl fühlen, könnte ich heute nacht auf Ihrem Posten bleiben.«

»Nein, bitte machen Sie sich keine Gedanken.«
»Es würde mir nichts ausmachen. Bevor Juan nicht zurückkommt, kann ich bestimmt nicht schlafen. Außerdem ist der Muskateller zu Ende.«
»Soll ich in die Bar gehen und eine Flasche kaufen?«
Señorita Clementina lächelte erfreut.
»Einverstanden. Ich koche Ihnen unterdessen einen Kaffee.«
»Gute Idee. Ich hole gleich den Wein.«
»Moment noch, Sinatra.«
»Ja?«
»Ich mag den Kaffee stark. Sie auch?«
»Ganz wie Sie wollen, Isabel.«

11

Das Meer war so blau wie die Augen einer Jungfrau. Leichter Schaum krönte die Wellen, und eine Möwe flog über die Felsen am Strand. Auf dem Sand ruhte ein rotweißes Fischerboot. Die Sonne war eine Herrscherin mit einer gelben Tunika, die ihr Licht auf alle Dinge scheinen ließ. Sinatra drehte die Postkarte um, sah, daß sie von Natalia kam, und las:

> Antonio! Ich bin in Formentera und werde hier bleiben, bis unser Kind auf die Welt kommt. Ich habe eine Freundin, die mir Flötespielen beibringt und mir einen Schlafsack geschenkt hat. Ich gehe nackt baden, und abends schreibe ich Deinen Namen in den Sand. Natalia

»Ich werde nicht schlau aus ihr«, murmelte Sinatra, warf noch einen Blick auf die Karte, und da wurde ihm bewußt, daß Natalia tatsächlich schwanger sein könnte.

Er dachte daran, daß ein Kind sein Leben ändern könnte, aber wenn Natalia die Mutter wäre, würden seine Tage in der Finsternis des Wahnsinns enden.

Sie könnten ein verrücktes Kind bekommen, einen schrulligen Kauz, einen Mörder, der Kakao mit Absinth trank und in einer Winternacht sein Bett in die Luft sprengte. Natalia würde ihn mit Mäusebrei füttern und Flöte spielen, damit er einschlief. Zum Geburtstag würde sie ihm ein kleines Spritzbesteck schenken und ein Gramm reines Heroin.

Sinatra legte Natalias Postkarte auf den Tisch, nahm seine Schlüssel vom Schlüsselbrett und ging zum Essen in das Lokal gegenüber.

Er setzte sich an die Theke, bestellte zwei Spiegeleier mit Tomate und Wurst, eine Flasche Mineralwasser und Brot. Dann setzte er sich bequemer zurecht auf dem Barhocker – der Hintern tat ihm von den Spritzen weh – und wartete darauf, daß ihm das Essen serviert wurde. Als er gerade ein Stück Brot in das Spiegelei stippen wollte, konnte er ganz deutlich Señora Hortensias Gesicht im Eigelb sehen.
Sinatra erstarrte mit dem Stück Brot in der Hand. Er sah dieses Gesicht an, das zu weinen schien. Einzelne Tränen liefen nacheinander Señora Hortensias Wangen hinab. Es schien, als ob sie ihm aus den öligen Tiefen des Spiegeleies herauf etwas sagen wollte, aber nur einen unergründlichen Schmerz zeigen konnte.
Sie war bereit, seine Frau zu werden. Sie versuchte ihm begreiflich zu machen, daß sie ihn an ihrer Seite brauchte, daß sie ihm ihr Leben anbot, für immer, und daß sie ihn liebte.
Hinter der Theke näherte sich der Kellner.
»Was ist los? Sind sie nicht gut?«
Sinatra sah ihn an, ohne zu begreifen. »Wie bitte?«
»Ob Ihnen die Eier nicht schmecken?«
»Ach so, die Eier...«
»Sind sie zu kurz gebraten?«
»Nein, sie sind sehr gut. Danke.«
Sinatra fürchtete, nie wieder ein Spiegelei essen zu können, ohne das verzweifelte Gesicht von Señora Hortensia, die er vermutlich nie wiedersehen würde, darin zu finden.
Er trank einen Schluck Wasser und beschloß, das zweite Spiegelei zu essen, ohne das andere anzusehen, das Señora Hortensia enthielt, aber er kam nicht dazu. Im zweiten Spiegelei zog sich Isabel aus.
Sie entkleidete sich, als stünde sie vor den Kameras der

Metro-Goldwyn-Mayer. Sie trug nur noch eine fleischfarbene Kombination von Slip und Büstenhalter. Ihr französisches Parfüm ließ ihn das Spiegelei vergessen. Es sah so aus, als wollte sie jeden Augenblick aus dem runden, gelben Bildschirm steigen.
»Isabel«, sagte Sinatra zu dem Eigelb.
Der Kellner schüttelte den Kopf, schnalzte mit der Zunge und fragte:
»Sind Sie sicher, daß Sie nicht etwas anderes essen möchten?«
Da flog Isabels Büstenhalter durch die Luft, Sinatra ins Gesicht.
»Hören Sie, mein Freund, fühlen Sie sich nicht gut?« beharrte der Kellner.
»Doch. Danke«, erwiderte Sinatra, ohne den Blick vom Teller zu heben.
»Sie werden ja ganz kalt«, sagte der Kellner.
Sinatras Nase war zwei Zentimeter vom Spiegelei entfernt. Isabels Hände strichen langsam an ihrem Körper abwärts, zum Slip hin.
»Der Kerl ist am Arsch«, murmelte der Kellner und wandte sich einem anderen Gast zu.
Das Geräusch von Münzen, die aus dem Glücksspielautomaten des Lokals fielen, und der triumphierende Aufschrei dessen, der gewonnen hatte, ließen Sinatras Visionen verschwinden. Das Essen war kalt, aber diese Spiegeleier konnte er sowieso nicht mehr essen. Es blieb ihm nichts anderes übrig, als den Kellner zu rufen.
»Herr Ober, bitte«, sagte er schüchtern.
Der Kellner sah ihn wenig freundlich an.
»Was möchten Sie denn jetzt?«
»Könnten Sie mir nicht doch etwas anderes bringen?«

»Scheiß die Wand an«, rief der Kellner und nahm den Teller fort.

Eine Stunde später, nachdem Sinatra in die Pension zurückgekehrt war, kam ein neuer Anruf von Isabel.
»Antonio?«
»Ja, ich bin dran.«
»Hier ist Isabel. Kannst du heute abend zu mir kommen?«
Ihre Stimme klang ängstlich.
»Heute abend muß ich arbeiten, aber wenn du willst, können wir uns jetzt treffen. Ich habe allerdings nicht mehr viel Zeit.«
»Unmöglich.«
»Aber Mädchen, ich ...«
»Ich flehe dich an, Antonio. Ich kann nicht länger sprechen. Sag, daß du kommst.«
Sinatra zögerte ein paar Sekunden.
»O.K. Ich versuche, es einzurichten.«
»Apartamentos Florida, Caspe-Straße, 1. Stock. Ich erwarte dich um 10 Uhr. Bitte komm!«
»Isabel, sag mir, was ...«
»Tut mir leid, ich muß auflegen. Adios.«
Sinatra legte den Hörer auf die Gabel, ging in sein Zimmer und trank den Rest des Whiskys aus, der in der Flasche geblieben war, ohne daran zu denken, daß er das nicht durfte.
Er konnte sich nicht vorstellen, was Isabel zugestoßen war. Erst wollte er sie zurückrufen, aber dann fiel ihm ein, daß er ihre Nummer verloren hatte. Außerdem war er nicht sicher, ob sie ihn von zu Hause angerufen hatte. In seinem Kopf wirbelten düstere Gedanken. Es war 6 Uhr abends. Er mußte bis 10 Uhr warten, zuvor allerdings noch mit Señorita Clementina sprechen.

Sie war in der Rezeption und fütterte Pio.
»Señorita Clementina...«
»Was gibt es, Sinatra?«
»Ich möchte Sie um einen Gefallen bitten.«
»Es geht um das Mädchen. Stimmt's?«
Sinatra sah sie verwundert an.
»Ja. Sie hat gerade angerufen und scheint in Schwierigkeiten zu stecken. Sie möchte mich heute abend sehen.«
»Kein Problem, Sinatra.«
»Vielen Dank.«
»Haben Sie Juan nicht gesehen?«
»Nein.«
»Gestern kam er nicht zum Schlafen. Er muß wohl eine Apotheke überfallen haben oder so was. Hoffentlich hat er Glück gehabt.«
Sinatra lächelte sein verzerrtes Lächeln und sah auf die Uhr. Er konnte nicht ruhig bleiben. Er mußte etwas tun.
»Ich gehe jetzt, Señorita Clementina«, sagte er schnell.
»Aber sicher. Alles Gute.«
»Danke. Adios.«
»Wollen Sie sich nicht von Pio verabschieden?«
»Adios, Pio«, sagte Sinatra und ging.
Viertel vor 10 Uhr nahm er ein Taxi und fuhr zu Isabel. Er schwitzte, kurbelte das Wagenfenster herunter und sog die feuchte Luft der Stadt ein. Es nützte nicht viel. Er wollte ankommen, bei Isabel sein. Ihr in die Augen sehen, mit ihr sprechen, ihren Hintern tätscheln, sie riechen, ihre Haare küssen, sie lachen sehen, ihre Seele erobern.
Das Taxi hielt endlich vor einem modernen Appartementhaus. Sinatra zahlte mit einem 1000-Peseten-Schein, konnte nicht auf das Wechselgeld warten und stieg aus. Am Eingang stand in Goldbuchstaben zu lesen: APARTAMENTOS FLORIDA. Es schien ihr nicht schlechtzugehen.

Sinatra stieg in den ersten Stock und klingelte. Niemand kam. Er zündete sich eine Zigarette an, wartete ein paar Sekunden und klingelte wieder. Isabel war nicht da. Es war doch nicht möglich, daß sie ihn umsonst bestellt hatte. Er klopfte mit den Knöcheln an die Tür, vergeblich. Dann drehte er am Türknauf. Die Tür stand offen.
Sinatra ging in die Wohnung. Das Licht brannte. Das erste, was er in der Diele sah, war sein eigenes Bild in einem zertrümmerten Spiegel. Daneben lag ein zerschlagener Stuhl und in der Ecke der Schuh einer Frau. Er ging ins Eßzimmer.
Der Tisch war umgestoßen worden, und auf dem Boden lagen Essensreste und zerbrochene Teller. Die Tischdecke war auf der Stehlampe gelandet, ein Vorhang abgerissen. Ein paar Spaghetti mit Tomatensoße klebten an der Wand. Die Tür zum Schlafzimmer war angelehnt, und aus dem Schlafzimmer drang ein schwacher Lichtschein.
Sinatra ging langsam auf die Tür zu, zögerte und stieß sie dann auf. Isabel lag nackt auf dem Bett.
Ihr Gesicht war ein blutiger Brei, ihre Lippen zwei auberginefarbene Ballons. Ein paar Haarsträhnen klebten mit Blut auf dem Kissen. Ihre Brüste sahen aus, als wären sie von Stiefeln zerquetscht worden. Ein Bein hing aus dem Bett, und ein kleiner Blutstropfen war daran bis zum Fuß hinabgelaufen. Sinatra sah sie schweigend an und ballte die Fäuste, als wollte er es mit dem Tod aufnehmen. Er ließ zu, daß milde Tränen über seine Wangen rollten, stieß ein tierisches Schluchzen aus und stürzte zum Telefon.

»Sie ist nicht tot«, sagte der Arzt. »Wir müssen die Polizei benachrichtigen.«
Sinatra schlief auf einer Bank des Polizeireviers ein. Die ganze Nacht lang hatten sie ihn verhört. Jetzt war es 5

Minuten vor 9 Uhr morgens. Er hatte sie nicht von seiner Unschuld überzeugen können. Es war alles wie ein langer, düsterer Alptraum. Bis in seinen tiefsten Schlaf hinein konnte er eine Schreibmaschine hören und wußte, daß er nie wieder aufwachen wollte.

»Sie da«, sagte ein Polizist.

Sinatra zuckte zusammen und schlug die Augen auf.

»Ja? Was ist?«

»Sie können gehen.«

»Wie geht es Isabel?« fragte Sinatra.

»Das Mädchen hat geredet, bevor sie starb. Es war ihr Zuhälter. Ein gewisser Camilo Rojas. Den kannten wir schon. Er ist gerade verhaftet worden.«

12

Sinatra brach nun leicht in Tränen aus. Er weinte bei allen möglichen Gelegenheiten und aus den geringsten Anlässen. Er konnte es einfach nicht verhindern. In seinen Taschen steckten stets mehrere Taschentücher, täglich verbrauchte er ein Fläschchen Augentropfen, und jeden Morgen mußte er den völlig durchnäßten Bezug des Kopfkissens auswechseln.
Wenn er Zigaretten kaufen ging und der Tabakladen geschlossen war, weinte er. Wenn er in einem Zeichentrickfilm zwei verliebte Katzen sah, weinte er. Wenn er etwas Wein auf seiner Hose verschüttet hatte, weinte er.
Es hatte ihm nicht geholfen, daß Señorita Clementina ihm einen kleinen, gebrauchten Fernsehapparat geschenkt hatte; nicht, daß Juan ihn bei seinen düsteren Trinkgelagen begleitete; nicht, daß Rosita ihn abends trösten kam, und auch nicht, daß sein Schanker verschwunden war.
Als er den zweiten Brief von Begonia Montana erhielt, vergoß er ein paar Tränen, schluchzte ein wenig und wagte schließlich, den Brief im Schutze seines Zimmers zu lesen.

Lieber Antonio,

ich möchte, daß Du mich siehst. Ich habe viel nachgedacht über alles, was Du mir geschrieben hast, und ich glaube, wenn wir uns nicht kennenlernen, können wir über unsere Briefe unmöglich eine gute Beziehung bekommen. Jedenfalls ist das meine Meinung.
Ich weiß nicht viel von Dir, nur das, was Du erzählt hast,

dennoch glaube ich, in Dir jemanden zu sehen, der anders ist. Aber ich wiederhole, daß ich Dir nicht weiterhin schreiben kann, ohne daß Du mich siehst und ich Deine Augen kenne.
Oft fällt es mir leichter, mich in Gedichtform auszudrükken, und deshalb habe ich Dir ein neues Gedicht geschrieben, damit Du mich besser verstehst. Ich hoffe, es gelingt mir, und es macht Dir nichts aus, es zu lesen.

Wer bist du, ferner Mann,
ohne Gesicht und ohne Blick?
Welcher Schmerz hat dein Herz geöffnet,
als du die Hand ausstrecktest?
Was wirst du tun, wenn ich wehrlos und
unbeschwert
mich aufmache zu deiner Seele?

Kurz und gut, Antonio, Du weißt, daß ich nicht weit von Barcelona entfernt lebe, und ich habe beschlossen, das nächste Wochenende dort zu verbringen.
Wenn Du mich sehen möchtest, treffen wir uns am Samstag um 11 Uhr vormittags am Brunnen von Canaletas. Wenn Du nicht kommen willst, wünsche ich Dir viel Glück und verabschiede mich für immer von Dir.

Begonia

Sinatra legte den Brief auf das Bett, sprang auf und rannte aus seinem Zimmer.
»Señorita Clementina!« heulte er auf dem Gang.
»Schreien Sie nicht so, Sinatra. Ich bin hier. Was haben Sie denn?«

»Ich habe einen Brief bekommen«, sagte Sinatra mit Tränen in den Augen.
»Na und?«
»Von einer Liliputanerin. Ich soll sie Samstag treffen.«
»Freut mich. Es wird auch langsam Zeit, daß Sie wieder mit Frauen ausgehen.«
»Aber ich habe Angst.«
»Jetzt reicht's aber, Sinatra. Warum sehen Sie nicht ein wenig fern und lenken sich ein Weilchen ab?«
»Ich habe keine Lust.«
»Um diese Zeit gibt es ein Kinderprogramm. Es wird Ihnen bestimmt gefallen.«
»Sie machen sich über mich lustig, Señorita Clementina.«
»Sie wollen es ja nicht anders. Ich habe Ihnen doch schon gesagt, daß ich Sie nicht mehr weinen sehen will.«
Sinatra schneuzte sich ins Taschentuch und lächelte schwach. »O.K. Vielleicht haben Sie recht...«
»Ganz bestimmt.«
Sinatra ging zurück in sein Zimmer, schaltete das kleine Fernsehgerät ein und nahm einen Schluck aus seiner neuen Whiskyflasche. Er legte sich auf das Bett und sah eine halbe Stunde lang fern. Dann begann er sich zu langweilen, stand auf und schaltete aus. Er zerdrückte ein leeres Ducados-Päckchen in seiner Hand, schnippte es in die Luft, warf es schließlich auf den Schrank und betrachtete sich im Spiegel.
»Sinatra«, sagte er leise.
Er sah sich in die Augen, als wartete er auf eine Antwort.
»Was willst du?«
»Du mußt mir helfen.«
»Wobei?«
»Endlich einmal zu gewinnen.«
»Das ist nicht leicht.«

»Ich möchte wieder oben sein, wie in jener Nacht im Hotel, als ich mit Isabel an meiner Seite auf die Stadt sah.«
»Versuch es.«
»Glaubst du, ich kann es erreichen?«
»Ich bin mir nicht sicher.«
Sinatra machte ein mißbilligendes Gesicht:
»Ich mir auch nicht.«
»Und wenn du Señora Hortensia anrufst, sie heiratest und dir ein ruhiges Leben machst?«
»Das kann ich nicht. Ich liebe sie einfach nicht.«
»Und Natalia? Vielleicht würdest du ein Kind von ihr bekommen.«
Sinatra tippte sich mit dem Zeigefinger an die Stirn.
»Sie spinnt«, sagte er.
»Sie oder du?«
»Ich glaube, wir beide.«
»Warum schaltest du nicht wieder das Fernsehgerät ein und versuchst, dich ein wenig abzulenken?«
»Ich habe die Nase voll von dem verdammten Apparat.«
»Sei doch nicht so...«
»Und zu alledem noch das mit der Liliputanerin...«
»Das ist sehr einfach. Wenn du nicht willst, gehst du nicht hin.«
Sinatra schnippte mit den Fingern, als hätte er die befriedigendste Antwort seines Lebens gefunden.
»Na sicher«, sagte er sich. »Wenn ich nicht will, gehe ich nicht hin.«
»Hör mal.«
»Was denn?«
»Warum hörst du nicht auf, Selbstgespräche zu führen?«

Am Abend saß Sinatra wie immer neben dem Schlüsselbrett unter dem gelblichen Licht der Glühbirne und sah mit

einem völlig neuen Lächeln auf den Lippen auf den vollen Aschenbecher. Zum ersten Mal dachte er an den Tod. Ob er mit Isabel im Paradies vögeln würde?
»Worüber lachst du, du Gespenst?« fragte Juan von der Tür her.
Sinatra sah auf, und sein seltsames Lächeln verwandelte sich in eine finstere Grimasse.
»Über den Tod«, antwortete er.
»Du siehst ja auch schon aus wie eine Leiche.«
»Mir egal. Laß gut sein, Juan.«
Juan holte eine Streichholzschachtel aus seiner Jackentasche, warf sie selbstgefällig auf den Tisch und sagte: »Damit es dir wieder bessergeht.«
»Mit Streichhölzern?«
»Sieh mal rein.«
Sinatra öffnete die Schachtel und fand fünf kleine Kapseln in Rosarot und Schwarz.
»Was ist denn das?«
»Amphetamine.«
»Nein danke.«
»Die bringen dich wieder in Ordnung«, beharrte Juan. »Alles, was du brauchst, ist ein wenig Speed. Komm, wirf dir zwei oder drei davon ein.«
»Dann werde ich nicht schlafen können.«
»Aber was redest du von schlafen, du Dummkopf. Du mußt sowieso wach bleiben, um die Tür aufzumachen.«
»Die Dinger werden meinen Kopf noch mehr durcheinanderbringen.«
Juan sah ihn mitleidig an. »Du bist wirklich nur noch ein Schlappschwanz«, sagte er langsam.
Sinatra nahm die Whiskyflasche und schenkte sich ein.
»Und du glaubst, wenn ich eine schlucke, werde ich zum Helden?«

»Wenigstens vergeht dir die Heulerei.«
»Und wenn ich alle schlucke?«
»Gehst du die Wände hoch.«
Sinatra spülte die fünf Kapseln mit einem Glas Whisky hinunter. Wenige Minuten später drehte er das Radio etwas lauter und fing an, seinen linken Fuß im Rhythmus der Musik zu bewegen. Seine Augen schienen strahlender geworden zu sein.
»Das macht mir gar nichts«, sagte er zu Juan. Dann schnippte er mit den Fingern, zuckte ein wenig mit den Schultern, bewegte sich in dem Sessel und stand schließlich auf.
»Langsam geht's dir besser, was?« fragte Juan.
Sinatra zwinkerte ihm zu und ging den Gang entlang.
»Diese Pension ist aber auch zu schmutzig«, sagte Sinatra energisch. »Ich werde mal ein wenig saubermachen.«
»Es ist Mitternacht, Kumpel.«
Sinatra holte Wassereimer, Putzlappen, Schwamm und Besen. »Na komm schon. Ein bißchen Bewegung, Juan«, befahl er. »Hilf mir mal.«
»Der ist vielleicht drauf«, murmelte Juan.
»Du wirst schon sehen, es wird alles wieder wie neu«, fuhr Sinatra fort. »Außerdem könnte hier auch mal gestrichen werden. Man müßte die Sesselbeine reparieren und die Rohrleitungen überprüfen.«
»Immer mit der Ruhe, Kumpel. Immer mit der Ruhe«, versuchte Juan ihn zu besänftigen.
»Señorita Clementina!« schrie Sinatra und hüpfte vor Begeisterung. »Señorita Clementina!«
»Er hat alle fünf geschluckt«, dachte Juan, »und wird die ganze Nacht lang nicht aufhören.«
»Wo ist denn der Hammer?« überlegte Sinatra laut. »Ich weiß, daß ich ihn irgendwo gesehen habe.«

Mit raschem Griff packte er den Sessel, drehte ihn um und untersuchte die Beine.
»Juan, warum kehrst du nicht mal den Gang aus?« fragte Sinatra. »Und stell doch bitte das Radio ein wenig lauter.«
Señorita Clementina tauchte auf, mit Pio, der ein gemütliches Nest zwischen ihren Brüsten gefunden hatte. Sie war in ihren schwarzen Morgenrock gehüllt, hatte eine Zigarette zwischen den Lippen und sah ihn erstaunt an.
»Was machen Sie denn da, Sinatra?« fragte sie. »Sind Sie übergeschnappt?«
»Bitte, Señorita Clementina, ich brauche Nägel und eine Zange. Schnell«, drängte er.
»Er ist auf Amphetaminen«, erklärte Juan.
Plötzlich vergaß Sinatra den Sessel, packte den Besen und kletterte auf den Tisch, um ein kleines Spinnennetz zu entfernen, das er in einer Ecke an der Zimmerdecke erspäht hatte. Dabei stieß er das Whiskyglas um, und es zerbrach auf dem Boden.
»*Kann man denn hier nicht mal in Ruhe schlafen?*« brüllte jemand vom Gang her. Allmählich gingen die Lampen in den Zimmern an. Sinatra war vom Tisch gesprungen und schüttete Seifenlauge in den Eimer.
»Ich verspreche Ihnen, Señorita Clementina, der Boden wird glänzen wie in der Fernsehwerbung«, erklärte er mit Feuereifer.
Einige verwirrte, graue, gespenstische Gesichter tauchten im Gang auf, eines nach dem anderen.
»Die sind alle betrunken«, sagte eine alte Frau, mit Haaren wie getrocknete Würmer.
»Ich muß morgen arbeiten«, sagte ein kleiner Mann aus zerknittertem Packpapier.
»Ausgerechnet dann, wenn ich einmal zeitig schlafen ge-

he«, sagte eine junge Prostituierte mit einem Bläschen am Mund.
Jemand stieß einen arabischen Fluch aus.
Señorita Clementina setzte alle ihre gewaltige Kraft ein, hielt Sinatra fest und drückte ihn an die Wand.
»Jetzt reicht es, Sinatra. Schluß jetzt!« sagte sie dicht vor seinem Gesicht, und ihre Augen funkelten und sprühten Feuer.
»Ich muß die Pension putzen«, erwiderte Sinatra matt.
»Wenn Sie nicht ruhig bleiben, bring ich Sie um«, erklärte Señorita Clementina mit Bestimmtheit.
»Tut mir leid...«
Señorita Clementina überlegte kurz, ließ ihn dann los, und ohne ihn aus den Augen zu lassen, sagte sie: »Sie können tun und lassen, was Sie wollen, Sinatra. Aber ohne Lärm. Verstanden?«
»Ja, Señorita Clementina.«
»Warum gehen Sie nicht Kartoffeln schälen. In der Küche liegt ein ganzer Sack voll. Ich habe ihn heute morgen gekauft.«
»Ich würde mich bestimmt in den Finger schneiden.«
»Dann gehen Sie doch ein wenig spazieren. Ein bißchen Luft schnappen. Wenn Sie ruhiger geworden sind, kommen Sie wieder.«
»Ich würde sicher anfangen zu rennen, und dann würde mich die Polizei festnehmen. Das ist mir schon einmal passiert.«
»Was machen wir denn mit ihm, Juan?« fragte Señorita Clementina.
»Was weiß ich. Ihn am Sessel festbinden, knebeln, ihm die Zunge abschneiden...«
»Du hast ihm doch die Pillen gegeben.«

Señorita Clementina wandte sich wieder an Sinatra: »Ich weiß schon, was ihn beruhigen könnte.«
»Was denn?« fragte Sinatra ängstlich.
»Eine Frau.«
»Señorita Clementina, bitte nicht!« flehte Sinatra.
»Hier gibt es zwei oder drei, die nicht viel verlangen würden. Wenn Sie möchten, leihe ich Ihnen das Geld.«
Sinatra stürzte sich auf die Whiskyflasche, nahm einen tiefen Schluck und setzte sich an seinen Platz.
»Ich werde mich die ganze Nacht lang nicht mehr rühren, Señorita Clementina«, versicherte er.
»Das kann er nicht«, meinte Juan. »Er wird mindestens bis morgen früh drauf sein.«
»Warum bleibst du nicht bei mir, Juan?« fragte Sinatra. »Ich brauche jemanden, mit dem ich reden kann.«
»Ich gehe in die Falle«, sagte Juan und verschwand im Gang.
Furchtsam sah Sinatra Señorita Clementina an.
»Gehen Sie auch?« fragte er.
»Es wird wohl besser sein, wenn ich Sie nicht allein lasse. Sie machen sonst womöglich noch Dummheiten.«
»Warum zeigen Sie mir nicht Ihre Alben mit den Künstlerfotos? Ich würde sie sehr gerne sehen, Señorita Clementina.«
»Keine schlechte Idee. Ich hole sie gleich.«
Sie verschwand.
Als er allein war, stand Sinatra auf und lief in der Rezeption umher, bis ein unwiderstehlicher Drang ihn dazu brachte, die Tür zu öffnen und die Treppe hinabzuspringen, immer drei Stufen auf einmal nehmend. Er trat auf die Straße hinaus, blickte sich kurz um, packte den leeren Mülleimer und rannte damit die Treppe wieder hinauf.
Señorita Clementina wartete auf ihn, mit zwei Fotoalben

auf ihren Knien, die Flasche Muskateller neben sich und Pio noch immer zwischen ihren Brüsten.
»Haben Sie Fotos von Sinatra?« fragte Sinatra.
»Klar. Mehrere.«
»Macht es Ihnen was aus, wenn ich sie mir im Stehen ansehe und mich ein wenig bewege?«
»Aber bitte.«
Mit einigem Zeremoniell schlug Señorita Clementina ein Album auf und blätterte, eine nach der anderen, unter Sinatras fiebrigen Augen, die Seiten um.
»Ich mag sie alle«, sagte sie zärtlich. »Sie haben mir sehr geholfen, wissen Sie.«
Sinatra dachte an die Broschüre des Klubs mit den Fotos der Mitglieder. In diesem Album hier war alles anders. Platinblonde Damen schritten in prunkvollen Gebäuden über Marmortreppen. Berühmte Schauspieler lächelten vom Sitz eines Sportwagens her. Man sah sie auf rauschenden Festen, umringt von Fotografen. Man sah sie auf weißen Jachten, die über ein türkisfarbenes Meer glitten. Man sah sie, wie sie Auszeichnungen entgegennahmen, umjubelt und distanziert...
»Hier ist er«, sagte Señorita Clementina.
Da war Sinatra. An einem seiner zahlreichen Hochzeitstage. Seine Frau war klein, hübsch, mit einem etwas eckigen Gesicht und sehr kurzen, blonden Haaren. Sie schien dreißig Jahre jünger zu sein als ihr Mann und trug einen Blütenzweig in der Hand. Er hatte einen Arm um ihre Taille gelegt, und sie küßte ihn auf die Wange. Beide lächelten und machten einen glücklichen Eindruck.
Sinatra betrachtete das Foto lange, dann wandte er die Augen ab, stieß mit dem Fuß leicht gegen den Abfalleimer, den er in der Rezeption gelassen hatte, zündete sich eine

Ducados an und hielt inne, mit dem brennenden Feuerzeug eine Handbreit von seinem Gesicht entfernt.
Señorita Clementina sah ihn besorgt an und fragte: »Woran denken Sie?«
Sinatra ließ das Feuerzeug zuschnappen und antwortete: »Daran, daß ich Isabel nie wiedersehen kann.«

13

Es war ein beschissener Samstagmorgen. Schmutziger Regen prasselte auf die Stadt. Blitze schlitzten die dicken Wolken auf, die sich in kalte Tropfen auflösten. Aus den Abflußrinnen lief das Wasser und flüchteten die Ratten. Die Autos hatten angehalten. Eine weit entfernte Sirene sprach von unter Wasser stehenden Kellern. Ein mörderischer Wind trug die Reklameschilder der Lokale davon. Auf den Ramblas war niemand zu sehen.

Nur eine einsame Gestalt saß auf einem der Stühle neben dem Brunnen von Canaletas. Es war ein Mann mit einem langen, billigen Regenmantel aus farblosem Plastik. Er hatte die Hände in die Taschen gesteckt, die Beine ausgestreckt und eine erloschene Zigarette im Mundwinkel. Sein Blick verlor sich in der Ferne. Es war Sinatra.

Er wartete gelassen, als ob er nichts mehr zu verlieren hätte, als ob es ihm egal wäre, ob er hier oder anderswo saß. Das verzerrte Lächeln war wieder auf seinem Gesicht, und er fühlte die Tropfen nicht, die ihm über das Gesicht liefen.

Eine kleine, verschwommene Gestalt stieg aus der Untergrundbahn und nahm Form an, als sie näher kam. Sie wackelte leicht beim Gehen und lief mit kleinen Schrittchen durch den Regen. Sie trug einen riesigen Regenschirm und ein weißes Kopftuch.

Ihr faßförmiger Körper näherte sich Sinatra. Als sie bei ihm angekommen war, machte sie eine Grimasse, die nach einem Lächeln aussah, streckte ihm eine rundliche Hand entgegen und sagte: »Hallo, Antonio. Ich bin Begonia Montana.«

Sinatra stand auf und schüttelte ihr die Hand. Er war zu verwirrt, um etwas sagen zu können, und lächelte nur. Begonia rieb sich mit dem Zeigefinger an der Nase.
»Möchtest du unter den Schirm kommen?« fragte sie.
»Nein, danke«, sagte Sinatra nach einer langen Pause.
»Gehen wir etwas trinken?«
»Ja, gerne.«
Sie liefen nebeneinander die Ramblas entlang, Richtung Meer, schweigend. Dann und wann sahen sie sich an und lächelten zaghaft. Begonia Montana fiel es schwer, mit Sinatra Schritt zu halten. Sie strengte sich an, um auf gleicher Höhe zu bleiben. Als sie ihre Schritte beschleunigte, wackelte sie noch stärker. Sinatra senkte den Blick zu seiner Rechten, sah, daß sie ihm nicht folgen konnte, und ging langsamer. Sie ahmte das Schnauben eines Pferdes nach.
»Danke, Antonio. Ich wurde schon langsam müde.«
Sie flüchteten vor dem Regen in einen Stehimbiß in der San-Pablo-Straße und belegten einen der wenigen Tische, die es dort gab. Sinatra zog den Regenmantel aus und trocknete sich den Kopf mit einer Papierserviette ab. Begonia Montana legte ihre Handtasche auf den Tisch, warf einen kurzen Blick in den Spiegel und setzte sich in respektvollem Schweigen.
»Was möchtest du trinken?« fragte Sinatra.
»Einen Kaffee, bitte.«
»Ich werde mir einen Kognak bestellen.«
»Gut.«
Begonia Montana rutschte auf dem Stuhl hin und her. Sie hatte Schwierigkeiten, die Ellenbogen auf den Tisch zu stützen, und rückte sich zurecht, bis sie eine angenehme Haltung gefunden hatte. Er bot ihr eine Ducados an. Sie schüttelte den Kopf und knabberte an einem Fingernagel.

»Ich rede nie viel, weißt du«, sagte Sinatra.
»Ich auch nicht«, entgegnete Begonia.
Sinatra fühlte sich unbehaglich. Sie konnten nicht allzu lange dasitzen, ohne ein Wort zu reden. Der Kognak würde ihm helfen zu sprechen. Er rief den Kellner und bestellte noch ein Glas. Begonia fing an, mit einem Zahnstocher zu spielen. Auch sie wagte nicht, ihn offen anzusehen.
»Es hat aufgehört zu regnen«, sagte Sinatra und blickte auf die Straße.
»Magst du den Regen nicht?«
»Nicht besonders.«
Sinatra trank den zweiten Kognak aus, und Begonia Montana hatte drei Zahnstocher zerbrochen.
»Antonio...«
»Ja?«
»Möchtest du, daß ich gehe?«
Da sah ihr Sinatra in die Augen. Sie waren blau, mit kleinen, gelben Pünktchen und zu groß im Verhältnis zum Gesicht. Ein Auge stand etwas höher als das andere. Sie blickten gelassen und erwarteten nichts. Es lag Güte in ihnen.
»Nein. Geh nicht«, sagte Sinatra und nahm unwillkürlich ihre Hand.
Begonia Montana erschrak nicht. Auch sie hatte gerade Sinatras Augen erforscht.
»Ich freue mich, daß wir Freunde sind«, sagte sie lächelnd und bewegte ihre kleinen, dicken Babyfinger leicht in Sinatras feuchter Hand.
»Möchtest du noch einen Kaffee, Begonia?«
»Einen Milchkaffee bitte, zur Abwechslung.«
»O.K. Was hältst du davon, wenn wir dann ein wenig spazierengehen?«

»Ja, gerne.«
»Kennst du den Boqueria-Markt?«
»Nein.«
»Er ist hier ganz in der Nähe. Ich gehe oft frühmorgens dorthin, nach der Arbeit. Ich laufe gern dort umher und seh mir alles an.«
»Das macht sicher Spaß.«
»Weißt du was, Begonia?«
»Was denn?«
»Ich bin gerne mit dir zusammen.«
Begonia Montana hob die Augenbrauen, öffnete den Mund, und für einen kurzen Moment wurde ihre Zungenspitze sichtbar.
»Das hat mir noch niemand gesagt.«
»Und deshalb bist du Mitglied des Klubs geworden?«
»Wir brauchen wohl alle andere Menschen.«
»Aber die Menschen gehen auf einen zu und dann verschwinden sie, sterben, werden verrückt, ändern sich.«
»Ich nicht.«
Sinatra betrachtete den Boden des leeren Kognakglases.
»Schau, Begonia. Ich werde dir nicht mein Leben erzählen. Es ist alles vorüber, und ich möchte es ruhen lassen.«
»Magst du Erdbeeren?« fragte sie aus heiterem Himmel.
»Sehr«, antwortete Sinatra überrascht.
»Wir könnten zum Markt gehen und Erbeeren kaufen. Was meinst du?«
»Einverstanden.«
»Dann fühlst du dich bestimmt besser.«
»Wenn du bei mir bleibst ...«
»Klar, du Dummkopf.«
Begonia Montana und Sinatra liefen zwischen den Menschen, die über den großen Markt strömten. Sie blieben

stehen, um seltene Meeresfrüchte anzusehen, den silbrigen Glanz großer Fische, das kräftige Rot von totem Fleisch, runde Käse, aufgehäufte Früchte...

»Begonia, dort drüben ist eine Bar. Setzen wir uns ein wenig?«

Es handelte sich um eine kleine Theke an einem der Marktstände und sah einladend aus, wie geschaffen, um sich hinzusetzen, etwas zu trinken und den Rest dem Schicksal zu überlassen.

»Ohne Bars kannst du wohl nicht leben?«

»Sie ziehen mich an, weißt du.«

Sinatra löste Begonias Schwierigkeiten mit dem Barhocker, indem er sie um die Taille faßte und sanft auf die hölzerne Sitzfläche hob. Sie blickte zufrieden drein und besah sich das Schauspiel, das der Markt bot, von oben.

»Jetzt werde ich das erste Bier meines Lebens trinken«, erklärte Begonia Montana begeistert.

»Hast du noch nie Alkohol getrunken?«

»Noch nie.«

»Zwei Bier«, bestellte Sinatra.

Begonia Montana betrachtete die eiskalte, gelbliche Flüssigkeit, auf der weißer Schaum schwappte, und stieß mit Sinatra an.

»Prost, Antonio.«

»Prost, Begonia.«

Zwei Stunden lang tranken sie. Sie vergaßen die Erdbeeren und begannen über Dinge zu sprechen, die sie wirklich interessierten. Begonia lehnte sich über die Theke und stützte den Kopf auf die Hand. Sinatra erinnerte sich an das, was ihm Contreras gesagt hatte. Es war erst 3 Uhr nachmittags.

»Weißt du, wohin die Menschen gehen, wenn sie gestorben sind?« fragte Sinatra.

Begonia Montana zeigte mit dem Finger auf das Dach der Markthalle: »Sie fliegen hinauf.«
»Woher weißt du das?«
»Ich habe es geträumt.«
»Isabel fliegt jetzt wohl«, sagte Sinatra mehr zu sich selbst, lächelte und fragte weiter: »Und wenn einer verrückt wird?«
»Dann bleibt er, wo er ist, aber woanders.«
Sinatra sah sie verständnislos an: »Was du alles weißt.«
»Das muß das Bier sein.«
»Warum schreibst du nicht etwas, Begonia? Hier ist eine Serviette.«
»Jetzt?«
»Klar.«
Sie öffnete ihre Handtasche, holte einen blauen Kugelschreiber heraus und kaute darauf herum, während sie nachdachte. Dann schrieb sie, faltete die Serviette viermal und reichte sie Sinatra. »Fertig«, sagte sie nur. Sinatra öffnete die Serviette und las: ICH MÖCHTE WISSEN, WIE EIN MANN IST.
»Bestellen wir noch ein Bier?« war alles, was Sinatra sagte.
»Dann falle ich vom Barhocker.«
»Ist dir schlecht?«
»Ein bißchen.«
»Du solltest was essen.«
»Ich habe keine Lust. Laß uns lieber ein wenig frische Luft schnappen.«
»O.K.«
Begonia Montana und Sinatra verließen den Boqueria-Markt, gingen ein kurzes Stück und setzten sich auf eine Bank an der Plaza San Agustin. Nahe bei ihnen teilten sich ein paar Trunkenbolde eine Flasche Wein und sahen gleichgültig zu ihnen herüber. Hin und wieder brach die Sonne

durch die schweren Wolken, die der Wind vor sich hertrieb. Ein paar Tauben pickten die Brotkrumen auf, die eine einsame Frau ihnen hinwarf. Alles schien friedlich.
Begonia Montana warf den Kopf in den Nacken, schloß die Augen und legte ihre Hand auf Sinatras angespannten Oberschenkel.
»Du hast noch nichts dazu gesagt, Antonio.«
»Wozu?«
»Zu dem, was ich dir auf die Serviette geschrieben habe.«
Sinatra fühlte, wie der Alkohol seinen Kopf erhitzte. Er war kurz davor, wegzurennen oder Begonia Montana eine brutale Antwort zu geben. Dann sah er sie an. Ihr kleiner Körper saß hingebungsvoll und entspannt auf der Bank.
»Warst du noch nie mit einem Mann zusammen?« fragte er heiser.
»Ich hab's dir doch schon geschrieben. Noch nie.«
»Und du möchtest wissen, wie das ist...«
»Nur einmal.«
»Ich dachte, du wärst zufrieden mit deinen Gedichten.«
Begonia Montana schlug die Augen auf und sah ihn offen an. »Hast du noch nicht bemerkt, daß ich eine Frau bin?«
Sinatra senkte den Kopf und bedeckte das Gesicht mit den Händen. Das einzige, was er brauchte, war etwas zu trinken.
»Wir könnten etwas zu trinken kaufen, zu mir gehen und fernsehen«, sagte er schließlich und stand auf.
»Danke, Antonio«, antwortete Begonia.
Manolo öffnete ihnen die Tür. Gelangweilt sah er Sinatra an, doch dann fiel sein Blick plötzlich auf Begonia Montana. Er sagte nichts und tat nichts, sondern sah sie einfach nur an.
Sinatra taumelte ein wenig, schob mit der Hand, in der er

die Kognakflasche hielt, Manolo zur Seite und ging in die Rezeption. Sie folgte ihm mit kleinen, unsicheren Schrittchen.
»Sinatra...«, murmelte Manolo.
»Was gibt's?«
»Nichts...«
»Wo ist Señorita Clementina?«
»Mit Juan ins Kino gegangen.«
Sinatra machte eine ärgerliche Geste und nahm einen Schluck aus der Flasche. »Ich hätte gerne einen Augenblick mit ihr gesprochen«, sagte er zu sich selbst und drehte sich dann unvermittelt zu Begonia Montana um. »Gehen wir?« fragte er vom Anfang des dunklen Ganges her.
Begonia Montana sah in Sinatras trübe Augen und folgte ihm wie eine grausame und zugleich sanfte Königin, die ihre Blechkrone übergeben sollte. Sinatra schloß seine Zimmertür ab und schaltete das kleine Fernsehgerät ein. Das Bett war zerwühlt, und zwei oder drei Socken lagen auf dem Boden. Sie zog die Schuhe aus, warf sich auf das Bett, legte ihren Kopf auf das Kissen und sah sich im Zimmer um.
»Mein Kopf dreht sich«, sagte sie mit schwacher Stimme.
»Soll ich dir einen Kaffee kochen?«
»Nein, bleib hier.«
Sinatra setzte sich auf die Bettkante, mit dem Rücken zu Begonia Montana. Nur das Weißgrau des Fernsehgeräts beleuchtete den Raum. Sie sahen sich nicht an.
»Antonio...«
Sinatra drehte sich langsam um und sah sie über die Schulter an. »Ja?«
»Kannst du es tun?«
»Ich weiß nicht.«
»Ich auch nicht.«

Sinatra bekam den Ausdruck eines Mannes, der auf einem Drahtseil balanciert, das hoch oben von einem Wolkenkratzer zum anderen gespannt ist. Wild entschlossen stürzte er sich wieder auf den Kognak, zwinkerte dem nassen Handtuch zu, das am Waschbecken hing, und wandte sich wieder zu Begonia Montana.

»Ich glaube, ich bin soweit«, erklärte er.

Sie bewegte sich nicht.

»Es ist verrückt«, sagte sie nach einer Weile.

»Na und?« fragte Sinatra herausfordernd.

Begonia Montana hatte leicht zu zittern begonnen.

»Warum schaltest du den Fernseher nicht aus, Antonio?«

»Weil ich dich nackt sehen will.«

Sie richtete sich ein wenig auf. Ihr Gesicht war bleich. Sie betrachtete lange ihren Körper und bemerkte, daß sie doppelt sah.

»Wirklich?« fragte sie.

»Klar«, antwortete Sinatra mit vom Kognak rauher Stimme.

Begonia Montana drehte sich im Bett um und schob sich langsam zu Sinatra. Sie konnte seinen Geruch nach schwarzem Tabak und Alkohol wahrnehmen. Ihr Kopf schwirrte. Er wartete, zu allem entschlossen. Und dann geschah es. In dem Augenblick, in dem ihr feuchter Mund auf seine Lippen treffen sollte, wurde Begonia Montanas Magen von einem flüssigen Erdbeben geschüttelt, das unaufhaltsam ihre Kehle emporstieg, schnöde und endgültig in einem starken Schwall herausbrach und sich auf das ungemachte Bett ergoß, wo sie nun nie mehr gestreichelt werden würde.

Rosita zapfte Bier hinter der Theke. Er trug wieder die blonde Perücke, hatte ein blaues Auge und eine leicht geschwollene Backe. Er sah ernst aus und auf seine Arbeit konzentriert.

Sinatra betrat die Bar, sah ihn an, blieb stehen, um eine Zigarette anzuzünden, und ging dann zur Theke. Es war beinahe Mitternacht. Señorita Clementina hatte ihm wieder einmal nahegelegt, sich eine Nacht freizunehmen.

»Antonio! Liebling!« rief Rosita, als er ihn sah, rückte sich mit der Handfläche die Perücke zurecht und gab ihm zwei Küsse. Einen auf jede Wange. Sinatra konnte nicht lächeln.

»Gib mir irgend etwas Starkes«, sagte er.

»Um Himmels willen! Was ist denn mit dir?« sagte Rosita und rollte erschrocken mit den Augen.

Sinatra sah noch schlimmer aus als beim ersten Mal, als sie sich trafen. Während der letzten Tage hatte er Beruhigungsmittel genommen und sich nicht mehr rasiert.

»Nichts. Ich bin am Arsch«, antwortete er.

»Aber Antonio, mein Prinz, du kannst doch nicht mit so einem Gesicht herumlaufen. Ich bringe dir gleich was Gutes fürs Herz.«

»O.K.«, sagte Sinatra und blickte auf die Straße.

Rosita reichte ihm ein Gläschen Anislikör mit Rosinen.

»Trink, mein Schatz, damit du Farbe bekommst. Wo du so eine gute Seele bist, du Ärmster...«

Sinatra kippte den Anislikör mit einem Schluck.

»Trink noch einen«, sagte Rosita und schenkte ihm nach.

Sinatra nahm eine Rosine, steckte sie in den Mund und kaute mit abwesender Miene darauf herum. Schließlich sah er Rosita an und fragte ohne sonderliches Interesse:

»Was ist mit deinem Gesicht passiert?«

»Hab ich es dir nicht erzählt, Kleiner? Ramon ist zurück, und wir leben jetzt zusammen. Ich bin so glücklich, Antonio...«

»Ja und?«

»Und Ramon hat ein bißchen schwache Nerven, weißt du. Manchmal ärgert er sich wegen irgendeiner Dummheit über mich. Aber er hat so ein großes Herz, und er sieht so gut aus...«

»Aha.«

Rosita sah auf die Uhr. Es waren nur noch wenige Gäste in der Bar und tranken ihr letztes Glas.

»Ich werde schließen, Liebling«, sagte er. »Aber keine Bange, wir beide, du und ich, wir bleiben noch ein Weilchen in Ruhe hier und trinken ein paar Gläschen. Wenn du willst, kannst du mich nachher zur Plaza Real begleiten. Ich verkaufe dort Zigaretten.«

»Du verkaufst jetzt Zigaretten?«

»Ja, mein Sohn. Seit ich mit Ramon zusammen bin, muß ich sehen, daß ich zu was komme. Er ißt nur Filets...«

»Was du nicht sagst.«

Als der letzte Gast gegangen war, schloß Rosita die Tür ab, warf ein paar Münzen in die Musikbox und setzte sich mit Sinatra an einen Tisch.

»Hast du noch keine Frau gefunden, Antonio?« fragte er und sah Sinatra mitleidig an.

»In meinem ganzen Leben werde ich keine Frau mehr anrühren.«

»Na, so schlimm ist es doch auch nicht...«

»Gestern habe ich mit Natalia gesprochen. Du weißt, wer das ist, nicht?«

»Das Mädchen, das von dir ein Kind wollte.«

»Sie hat mich angerufen. Es hörte sich an, als hätte sie Schwierigkeiten zu sprechen, als wäre ihre Zunge pelzig oder so was. Sie sagte erst, sie sei in Paris und kaufe Hüte, dann, daß sie von einer Telefonzelle aus Hospitalet anriefe, und zum Schluß, daß sie mich nie wiedersehen wolle, weil ich ihr Kind entführen und es an die Zigeuner verkaufen würde.«

»Lieber Gott! Wie schlimm das arme Mädchen dran ist.«

Sinatra konnte nicht weitersprechen. Er blieb still und abwesend auf dem Stuhl sitzen, ohne sich zu bewegen, bis Rosita die Lampen an der Bar ausknipste, ihn auf die Straße führte und ihn schließlich bis an die Tür der Pension begleitete.

»Ich gehe jetzt, mein Prinz. Paß gut auf dich auf«, sagte Rosita, küßte ihn wieder und verschwand durch die Hospital-Straße in Richtung Ramblas, mit seiner Plastiktasche voller importierter Zigaretten. Leise sang er ein Liebeslied.

Als Sinatra die Rezeption betrat, sah er, wie Señorita Clementina sich mit einer leeren Weinflasche unterhielt. Sie saß im Sessel mit halb offenem Morgenrock und nackten Füßen.

»Señorita Clementina, fühlen Sie sich wohl?« fragte er behutsam.

Sie wandte den Kopf und sah ihn überrascht an.

»Sicher, warum?«

»Es schien mir, als ob...«

»Als ob ich Selbstgespräche führte?«

»Ja«, sagte Sinatra verwirrt.

»Ich verstehe nicht, was Ihnen daran so seltsam vorkommt. Von Ihnen habe ich das mehr als einmal gehört.«

»Gut möglich.«

»Wissen Sie, daß Juan abgehauen ist?«

»Er ist abgehauen?« fragte Sinatra ungläubig.

»Er hat mir 40 000 Peseten gestohlen und ist gegangen. Ich habe es eben gefeiert. Möchten Sie einen Schluck?«

»Ja, bitte.«
»Ich hatte die Nase voll von ihm. Er duschte sich nie. Sagte, er hätte es sich im Gefängnis abgewöhnt. Er hatte einen seltsamen Geruch, wie nach Affe, wissen Sie.«
In diesem Augenblick klingelte es. Sinatra öffnete die Tür, und da stand ein kleiner, kahlköpfiger Mann, der eine runde Brille trug und schüchtern lächelte. Er steckte in einem grauen Regenmantel und hatte einen schäbigen Koffer in der Hand.
»Guten Abend. Ich wollte fragen, ob Sie noch ein Zimmer frei haben«, sagte der Mann.
»Bitte kommen Sie herein«, antwortete Sinatra und führte ihn in die Rezeption.
Señorita Clementina schloß ihren Morgenrock und versteckte die Weinflaschen hinter dem Sessel. Der Mann warf ihr einen kurzen Blick zu und wandte sich dann wieder an Sinatra.
»Wieviel kostet das billigste Zimmer?« fragte er.
»300 Peseten.«
»Kann ich es sehen?«
»Sicher.«
Sinatra nahm einen Schlüssel vom Schlüsselbrett und wandte sich zum Gang. »Kommen Sie bitte mit.«
Der Mann setzte den Koffer ab und lief hinter ihm drein. Señorita Clementina nutzte die Gelegenheit, um schnell noch einen Schluck Wein zu trinken. Kurz darauf kehrte Sinatra mit dem Mann zurück, setzte sich an den Tisch, schlug das Gästeregister auf und trug etwas ein. Als er das Geld in Empfang nehmen und den Schlüssel aushändigen wollte, sah er, daß der Mann eine Pistole in der Hand hielt und auf seinen Kopf zielte.
»Keine Bewegung«, sagte er. »Ich bin Bruder Blanco Sol.«

Señorita Clementina machte Anstalten, sich aus dem Sessel zu erheben. Der Mann wandte sich ihr zu.
»Und Sie kommen hierher!« befahl er.
»Ich bin hier zu Hause und tue, was ich will«, entgegnete sie herausfordernd.
»Aber ich habe eine Pistole. Los jetzt! Wir gehen in das Zimmer.«
Señorita Clementina und Sinatra gingen vorsichtig den Gang entlang. Der Mann nahm seinen Koffer und folgte ihnen, während er die Pistole weiterhin auf sie gerichtet hielt.
»Setzen Sie sich auf das Bett«, befahl er mit seltsamer Stimme, schloß die Tür und lehnte sich mit dem Rücken dagegen.
»Nun gut, Bruder Antonio, was haben Sie zu sagen?«
Sinatra sah ihn verständnislos an.
»Was soll ich Ihnen denn sagen?«
»Ruhig Blut, Sinatra«, sagte Señorita Clementina.
»Ich will wissen, wie der Teufel in Sie gefahren ist und warum Sie nicht bereut haben.«
»Ich habe nichts getan.«
»Aber jetzt werden Sie etwas tun.«
Bruder Blanco Sol öffnete seinen Koffer, und ohne sie aus den Augen zu lassen, holte er eine lange, weiße Tunika heraus, ein Kruzifix, zwei kleine Kerzen, verschiedene Heiligenbilder, ein paar Rosenkränze, ein Fläschchen mit Weihwasser und eine Bibel. »Bruder Antonio, ziehen Sie die Tunika an«, sagte der Mann und warf sie ihm zu.
»Tun Sie, was er sagt. Bei der ersten Gelegenheit nehme ich ihm die Pistole ab«, flüsterte Señorita Clementina Sinatra ins Ohr.
Bruder Blanco Sol besprengte die vier Zimmerecken mit

Weihwasser und hielt dabei weiterhin die Pistole auf sie gerichtet.

»Fertig«, sagte Sinatra, als er die Tunika angezogen hatte.

»Knien Sie nieder und beten Sie.«

»In diesem Augenblick kann ich mich ganz bestimmt an kein einziges Gebet erinnern.«

»Das ist ein weiterer Beweis dafür, daß Sie der Teufel sind. Ich müßte Sie sofort töten«, sagte Bruder Blanco Sol und zündete die Kerzen an.

»Sie irren sich. Ich bin der Teufel«, mischte sich Señorita Clementina ein. »Erlauben Sie, daß ich Ihnen erkläre, wie es dazu gekommen ist.«

»Sie lügen!«

»Hören Sie bitte, Señor«, sagte Sinatra verzweifelt. »Ich bin nicht der Teufel oder sonstwer. Warum lassen Sie uns nicht zufrieden und verschwinden mit all Ihren Sachen?«

Da wurde ihm das Kruzifix unter die Nase gehalten.

»Du wirst Ihn nicht täuschen können.«

»Was sollen wir tun, Señorita Clementina?« fragte Sinatra mit zitternder Stimme.

»Ruhe bewahren und abwarten.«

Bruder Blanco Sol legte das Kruzifix weg, trank etwas von dem restlichen Weihwasser, wandte sich zum Himmel und sagte: »Der Augenblick ist gekommen. Ein für allemal wird das Böse vernichtet sein und die göttliche Güte die Welt regieren. Endlich habe ich meinen Auftrag erfüllt und...«

»Darf ich bitte auf die Toilette gehen?« fragte Señorita Clementina.

»Nein!«

»Ich mache mir sonst in die Hosen. Was soll ich denn tun?«

»Aushalten.«

»Unmöglich. Dann muß ich's halt hier machen«, sagte sie

gelassen, stand auf, zog ihren Morgenrock aus und stand völlig nackt da.
Bruder Blanco Sols Gesichtsausdruck änderte sich langsam, als er den ungewöhnlichen Frauenkörper ansah, der vor seinen Augen stand. Sein Atem ging heftiger, die Hand, die die Pistole hielt, wurde unsicher. Seine Lippen bewegten sich leicht, als versuchte er etwas zu sagen, und eine unverhoffte Träne lief über seine Wange. Schließlich ließ er erschöpft die Pistole fallen, beugte die Knie und rief:
»O Herr! Eine Heilige!«
In aller Ruhe hob Señorita Clementina die Pistole auf, zog den Morgenrock wieder an, zündete sich eine Zigarette an, zwinkerte Sinatra zu und half Bruder Blanco Sol, aufzustehen. »Armer Mann, er braucht etwas zu trinken«, sagte sie und sah ihn mitleidig an. »Kommen Sie, Sinatra, gehen wir in die Rezeption und trinken wir etwas.«
»Wollen Sie denn nicht die Polizei rufen?« fragte Sinatra, noch immer ängstlich.
»Die Polizei? Wozu?«
»Dieser Mann wollte mich umbringen.«
»Er könnte jetzt keiner Fliege mehr etwas zuleide tun.«
»Ja, aber...«
»Keine Bange, Sinatra. Das einzige, was ihm fehlt, ist, daß er in seinem Leben noch nie eine nackte Frau gesehen hat. Das ist alles.«
Bruder Blanco Sol saß auf dem Bett und weinte. »Bitte tut mir nichts. Ich liebe alle Menschen und habe immer versucht, anderen zu helfen...«
»Mit einer Pistole in der Hand«, unterbrach ihn Sinatra.
»Ich wollte nicht, daß die Jungfrau Maria weint.«
»Am besten hören Sie erst mal auf zu weinen. Sie wecken mir sonst alle Gäste auf«, sagte Señorita Clementina. »Gehen wir raus hier.«

»Einverstanden«, willigte Sinatra ein. »Ich brauche auch einen Drink. Ich fühle mich elend.«
»Vergessen Sie nicht, die Tunika auszuziehen, Sinatra. Sie steht Ihnen nicht besonders.«
Sie setzten sich zu dritt in die Rezeption und tranken Muskateller. Bruder Blanco Sol stürzte mit zitternder Hand das Glas Wein hinunter.
»Darf ich mir noch einen Schluck einschenken?« fragte er Señorita Clementina.
»Sicher. Aber erzählen Sie uns doch mal Ihre Geschichte. Was Sie da eben getan haben, ist ja schon etwas ungewöhnlich...«
»Gut. Aber Sie erzählen es auch bestimmt nicht meiner Mutter?«
»Nein.«
»Und der Jungfrau Maria auch nicht?«
»Nein, ihr auch nicht.«
Sinatra trank schweigend. Er sah blaß aus, und sein Blick war getrübt.
»Ich bin dem Klub beigetreten, weil meine Mutter mich verlassen hat«, sagte Bruder Blanco Sol.
»Ich verstehe«, sagte Señorita Clementina, während sie das Magazin der Pistole leerte.
»Sie ist mit einem anderen Mann gegangen und hat mich verlassen. Jetzt lebe ich allein und muß mir selbst das Essen machen, aber ich kann nicht kochen...«
»Und deshalb laufen Sie mit einer Pistole umher?«
»Ich wollte doch nur das Böse vernichten.«
»Schon gut«, sagte Sinatra mit müder Stimme.
»Sie sagen, Ihre Mutter hat Sie wegen eines anderen Mannes verlassen?« fragte Señorita Clementina verwirrt.
»So ist es. Sie starb, um mit dem Teufel zusammenzuleben.«

»Bitte erzählen Sie weiter.«

»Ich habe an alle Klubmitglieder geschrieben, aber nicht eine einzige Antwort erhalten. Ich brauchte meine Mutter oder eine andere Frau, die sich um mich kümmert, deshalb habe ich mit der Jungfrau Maria gesprochen. Sie liebt mich, aber sie hat oftmals geweint, weil der Teufel sie verfolgt und umbringen will.«

»Und wie kommen Sie darauf, daß Sinatra, ich meine Antonio, der Teufel sein könnte?«

»Sie hat es mir gesagt.«

»Wer?«

»Die Jungfrau Maria.«

»Was machen wir mit ihm, Sinatra?« fragte Señorita Clementina nach einer Pause.

»Was Sie für richtig halten.«

Señorita Clementina zündete sich eine Zigarette an, rauchte schweigend ein paar Minuten lang, schüttelte langsam den Kopf und sagte schließlich: »Also gut, Sie können gehen.«

Nachdem Bruder Blanco Sol in unterwürfigem, beschämtem Schweigen die dunkle Rezeption verlassen hatte, wandte sich Señorita Clementina Sinatra zu und sah ihn lange an.

»Was haben Sie?« fragte sie.

»Es geht mir nicht gut. Ich glaube, das ist das Ende.«

»Ich habe Ihnen doch schon gesagt, Sie sollen keine Tranquilizer nehmen, Sinatra.«

»Ich habe Angst, Señorita Clementina.«

Sie verstand alles, setzte sich wieder in den Sessel, trank einen Schluck aus der Flasche und sagte dann, mit einer Stimme, so süß wie der Muskateller: »Kommen Sie her, Sinatra.«

Und wie ein erschöpfter Wanderer, kurz vor seinem Ziel, ging Sinatra zu ihr, setzte sich neben dem Sessel auf den

Fußboden und legte seinen Kopf in ihren Schoß. Sie streichelte mit träger Zärtlichkeit über sein Haar. »Sie haben es immer verdient, geliebt zu werden«, sagte sie sanft.
Sinatra überließ sich ihrer Wärme, schloß die Augen und sah ein fremdes Licht, das auf ihn zukam, wie die Morgenröte.
»Sie müssen sich rasieren, Sinatra«, sagte sie und strich mit den Fingern über seine rauhen, kalten Wangen.
»Ich werd's tun«, versprach Sinatra von weit her.
»Und werden Sie auch die Finger von den Tranquilizern lassen?«
Sinatra konnte schon nicht mehr antworten.
Señorita Clementina zog ihn langsam hoch, öffnete ihren Morgenrock, ließ seinen Kopf zwischen ihren warmen Brüsten ruhen und sagte leise: »Ruhen Sie sich aus, Sinatra. Ruhen Sie sich aus.«